「こっちだ。見ろ」
「今日は花火大会だったんですね」
Illustration :
Yuumi Suoh

セシル文庫

新米ドクターは
不機嫌パパに恋をする

星野 伶

イラストレーション／周防佑未

◆目次

この作品はフィクションです。
実在の人物・団体・事件などに
一切関係ありません。

新米ドクターは不機嫌パパに恋をする

「三百万だ」

深夜にもかかわらず隙なくスーツを着込んだ男性――蓮水《はすみ》大晟《たいせい》は、悠々とイスに腰かけ、そう口にした。

「さんびゃくまん……」

春人《はると》は自分の予想をはるかに上回る金額を聞き、目の前が真っ暗になっていく。

心臓が妙に早く大きく脈打ち、身体が不安定にユラユラ揺れる。

――三百万なんて大金、すぐに払えないよ……。

今にも倒れそうになっている春人を前にしても、蓮水は心配するそぶりなどいっさい見せず、さらに追い詰めるかのように言葉を放つ。

「よりによって、一番でかいダイヤがついた指輪を失くすとはな。きちんと弁償《べんしょう》してくれるんだろうな？」

その言葉で我に返った春人は、震える唇を動かし、やっとのことでこう答える。

「は……い……、もちろん、弁償、させていただきます……」

たどたどしく答えながら、春人は自分が犯したミスの大きさを知り、後悔せずにいられなくなる。

――さっさと薬を置いて、帰ればよかった。

出来ることなら時間を戻したい。

血の気を失い蒼白になって震える春人に、蓮水の容赦ない言葉が投げつけられた。

「逃げるなよ、橘《たちばな》先生」

蓮水は一度として口調を荒らげていない。

しかし、彼の鋭利な眼差しが獲物を狩る肉食獣のものと重なり、底知れぬ恐ろしさを感じた春人は、ブルリと大きく身体を震わせた。


橘春人は医師免許を取得して四年目の若手医師だ。

二年間の初期研修を終え、今は後期研修医として大学病院の小児科で日々勉強と経験を積んでいる。

念願の医師になれてとても嬉しいが、現在、春人には医大に通うために受けた奨学金の返済が重くのしかかっていた。

そのため、早く返済を終えようと、大学病院での勤務が終わった後や休日に、医局の先輩だった大沼《おおぬま》が一年前に開院した、『大沼こどもクリニック』でバイトをしている。

大沼こどもクリニックは往診専門で、来院した患者を診察する従来のクリニックとは違い、電話で依頼を受けて患者の自宅に出向き診察を行う。

二十四時間三百六十五日開院しており、院長である大沼の他に、バイトの小児科医が五人、看護師が三人、事務員が二人という体制で回している。

往診という性質上、従来のクリニックより診察代はやや割り増しになるが、急に子供の具合が悪くなってもいつでも診てもらえると、患者さんのご家族からとても評判がいい。

春人からしても、休日のない大沼こどもクリニックは勤務時間の融通が利き、空いた時間にバイトに入ることが出来るため、条件のいい仕事場だった。

しかし、先日、春人は仕事中にとんでもないミスを犯してしまったのだ。

――三百万円、どうしよう……。

医局のデスクで帰り支度をしながら、春人の口からため息がこぼれる。

あれから一週間経ったが、まだお金を用意出来ていなかった。

――もっとバイトを増やすしかないか……。今日、先輩に相談してみよう。

春人が何度目かわからないため息を吐き出した時、ふいに通勤鞄に入れていたスマートフォンが着信を知らせるために振動した。

画面には『蓮水』と表示されている。

その名前を見た瞬間、ブワッと額に汗が浮かんだ。

春人は手早く同僚に挨拶を済ませると、大急ぎで病院の外へ出る。

職員用の通用口を抜け足早に移動し、周囲に人気《ひとけ》がないことを確認してから、鳴りやまないスマホの通話ボタンを押した。

「も、もしも……」

『遅い。電話に出るまでに何分かかってるんだ？』

電話口から不機嫌な男の声が聞こえてきて、身体が縮こまってしまう。

「す、すみません、まだ医局にいたもので……」

『今すぐ来い。陽向《ひなた》が発作を起こした』

「え、どんな……」

様子ですか、と質問する前に、通話は切れた。

「えっと、蓮水さんの家に行って、陽向くんの診察をすればいいんだよね……？」

春人は静かになったスマホに向かって独り言を呟く。

『俺が呼んだら、すぐに来い』

蓮水にそう告げられたのは、一週間前の夜。

三百万円なんてすぐに用意出来ないと春人が言ったら、弁償金を払い終わるまで呼んだら即座に駆けつけるよう約束させられた。

この約束は、ただ単に弁償を終えるまで春人を逃がさないためのものだと思っていたのだが、初めてかかってきた先ほどの電話は、それとは別の用件だった。

──往診が必要ならクリニックに電話すればいいのに、なんで僕に直接？

不思議に思ったが、患者さんの容体悪化を前にのんびりしている時間はない。

蓮水の五歳の息子・陽向には、喘息《ぜんそく》の持病がある。

これまでもよく発作を起こし、往診に行っていた。

──クリニックに寄って、必要な物を用意してから行かないと。

春人は病院前に停まっていたタクシーに乗り込み、クリニックへ急ぐ。

車内で大沼に連絡し、喘息治療に必要なものを事前に用意しておいてもらった。

それを受け取り、そのまま蓮水家に向かう。

これでも精一杯急いだのだが、春人を迎え入れるために玄関ドアを開けた蓮水は、見るからに苛立《いらだ》った顔をしていた。

「遅い」

「す、すみません。往診鞄を取りに、クリニックに寄っていたので……」

「無駄口叩いてないで、さっさと診察しろ」

蓮水は横柄《おうへい》に顎をしゃくり、息子の診察を促してくる。

そんな言い方しなくても、と思わないでもないが、三百万円の支払いを待ってもらっている身では、反論することなんて出来ない。

部屋の中を覗き込むと、ベッドに上半身を起こし、苦しそうに呼吸している陽向の姿が目に入った。

「こんにちは、陽向くん。少し診察させてね」

素早くベッドに歩み寄り、往診鞄を開いて診察を開始する。

「……せんせい、いきが、くるしい……」

「いつもと同じ喘息の発作だから、心配しないでね。煙のお薬吸えば、すぐによくなるよ」

「ん……」

苦しくて瞳に涙を溜める陽向を見ていると、気の毒で胸がギュッとなる。

早く楽にしてあげたくて、春人は手早く薬剤を吸入器にセットし、自分もベッドに腰を下ろす。

「僕が吸入器を持ってるから、いつもみたいに煙が出てきたら吸い込んでね」

ゼーゼーと呼吸する陽向の口元に、吸い口を近づける。機械のスイッチを入れると、間もなく薬剤が煙のように立ち上った。

陽向には大沼こどもクリニックとは別にかかりつけ医がいて、内薬で症状をコントロールしている。

けれど、季節の変わり目や風邪を引いた時など、こうして発作を起こしてしまうことがあり、かかりつけ医の診療時間外は往診に来ていた。

——よかった、だんだん喘鳴《ぜんめい》も落ち着いてきた。

吸入が終わる頃になると、陽向の呼吸音はだいぶ静かになっていた。

発作を起こしたことで身体が疲れたのか、陽向は目元を擦り眠たそうにしている。

「陽向くん、眠い？　眠いなら寝てもいいよ。今寝やすいようにベッドを作るから待っててね」

完全に横に寝かせると呼吸が苦しくなるかもしれないので、クッションと枕で調節し、上半身をやや斜めに起こす体勢を取らせる。

発作が治まったことを確かめて、ウトウトと目を閉じそうになっている陽向の小さな身体にブランケットをかけ、春人もホッと一息つく。

「先生、こっちへ」

治療が一通り終わったところで、傍で様子を見守っていた蓮水に声をかけられた。

——なんだろう？

呼びつけられたことを不審に思いながらも、部屋を出た蓮水の後を追う。

彼は廊下の突き当りにあるリビングへ入って行き、春人もそれに続いてドアを抜けた。

――うわ、広い。

蓮水の自宅は高層マンションの二十階にある。

建物の内外装は豪華だし、何重ものセキュリティーで守られ、さらにコンシェルジュも常駐していることから、高級なマンションだと知ってはいたが、広々としたリビングに初めて足を踏み入れ、驚きを隠せなかった。

このリビングだけで春人のワンルームアパート三つ分はありそうだ。

大きなソファセットとローテーブル、四人がけのダイニングテーブルなどの大型家具を置いていても、子供が走り回れるほどの余裕があった。

春人が好奇心からキョロキョロとリビングを見回していると、蓮水がソファに座り、紙に何やら書き始める。

そしてそれを春人に向かって差し出してきた。

「報酬だ」

「え？」

訳が分からなくてリビングのドアの前で立ち尽くしていると、蓮水が眉根を寄せ急《せ》かしてきた。

「早く受け取れ」

「は、はい」

慌てて傍に行き紙を受け取ると、そこには『受領書　往診代：壱萬円《いちまん》』と書かれている。

「あ、あの、これは？　今日の往診料は、いつものように月末にまとめてお支払いいただく形になりますけど……」

「それとは別に、先生個人への報酬だ」

――僕個人の？

まだ話が読めなくて首を傾げると、蓮水は眉間に深く皺を刻み、声を低くした。

「まさか、忘れたわけじゃないだろうな？　三百万の弁償金のことを」

「も、もちろん、覚えてますっ。ただ、まとまったお金がないので、分割でお願いしたと思うのですが……」

「仕方なくな。こちらとしては、出来るだけ早く払ってほしいんだ。だから、俺が稼がせてやることにした。クリニックを通さず先生に往診依頼を出した場合、一回につき一万払う。それをそのまま俺への支払いにあててもらう」

「……は？」

——な、何それ？

一回一万円の報酬をもらって、それを指輪の弁償に当てるって？

蓮水の言っている意味は理解したが、それだと完済のために三百万円分……つまり三百回、往診に駆けつけないといけない計算だ。

「そ、それは、困ります。僕は大学病院で常勤で働いてますし、クリニックでバイトもしてます。時間帯によっては、すぐに陽向くんの往診に来られません」

「三百万円借金しているも同然の先生に、拒否権があると思うのか？」

「う……っ」

それを言われると何も言えない。

——どうしてあの時、ぶつかっちゃったんだろ……。

春人は先週の出来事を思い返す。

あの夜、今日と同じように喘息発作を起こした陽向の診察をするため、春人は蓮水家を訪れた。

いつものように診察と治療をし、それで終わるはずだった。

ところが、治療を終え、薬を渡すために隣室で急ぎの電話対応をしている蓮水の元へ行った時、事件が起こった。

春人はうっかりキャビネットにぶつかり、上に置いてあった数個の指輪が入ったジュエリーボックスを落としてしまったのだ。

床に散らばったたくさんの指輪を拾い集めたが、どんなに探しても一番大きなダイヤモンドが嵌《は》められた指輪が見つからなかった。

そして、青くなって弁償を申し出る春人に、蓮水は金額を告げたのだ。

『三百万だ』と。

しかも呼び出したらすぐ駆けつけるようにとも約束させられた。この約束はどうやら、春人に労働という形で弁償金を支払わせようと考えてのことだったようだ。

――でも、本当に時間が……。

勤務中に呼び出されても応じられない。

春人が困っていると、蓮水がこう言ってきた。

「仕方ないから、仕事中は勘弁してやる。だが、それ以外の時間に俺が呼び出したら、すぐにここへ来い」

「は……、はい。わかりました」

いくらなんでも横暴《おうぼう》だ。

そう言いたかったが、春人には了承の言葉しか口にすることは許されない状況だった。

二人の間に気まずい沈黙が流れ、もう帰ってもいいのか迷っていると、蓮水がソファに深く腰かけ、口角を持ち上げて揶揄《やゆ》するように質問してくる。

「ところで、どうして三百万程度をすぐに払えないんだ？　医者ならそれなりの給料をもらってるだろ。まさか給料全て遊びに使ってるのか？」

「ち、違いますっ。その……、奨学金の返済がたくさん残っていて……。それに僕はまだ四年目で、世間で思われているほど高給取りじゃないんです」

「なるほどな。もう帰っていいぞ。また用がある時は連絡する」

春人に質問しておいて、蓮水は興味なさげに相槌を打つと、さっさとソファから立ち上がった。

こちらにしても長居したくない。

この後、バイトもある。

しかし、春人はどうしてももう一度、三百万円の弁償金を背負った原因である指輪を探したかった。

「あの、蓮水さん、お部屋をまた探させてもらってもいいですか？　小さいものだから、家具の後ろに入っちゃってるかもしれないので」

蓮水は振り返り、蛇のような眼差しでジロッと春人を見つめた後、「好きにしろ」と言って書斎へ移動する。

「適当に探せ。ただし、うるさくするな。俺はここで仕事がある」

「はい、わかりました」

奥のデスクに向かう蓮水を横目で確認し、春人はドアの近くに置かれているキャビネットの前で両膝をつく。

――絶対に、ここにあるはずなんだ。

床に這いつくばって、キャビネットの周辺をくまなく探す。

しかし、どんなに丁寧に探しても、指輪らしきものは見当たらなかった。

諦めきれずにまたキャビネットの裏を覗き込むと、背後から「おい」と呼びかけられる。

振り返ると、蓮水がふと仕事の手を止め、うす笑いを浮かべながら聞いてきた。

「見つかったか？　俺はどちらでもかまわないがな。見つからなかったら、三百万分の労働をしてもらうまでだ」

「……絶対に探し出します。この部屋にあるはずなんですから」

「だが、今日はクリニックの仕事はないのか？」

「あっ」

時間を確認すると、勤務時間をずいぶん過ぎていた。

大沼には陽向の診察に行くと伝えてあるが、他にも往診依頼が来ているかもしれない。

慌てて部屋を出ようとドアノブに手をかけたところで、脅《おど》しのような言葉が飛んできた。

「必ず全額払ってもらうぞ、橘先生。俺が電話したら必ず出ろ」

春人は顔を引きつらせながら、蓮水が望んでいるだろう答えを口にする。

「……はい。どうぞ、気兼ねなく呼びつけてください……」

ぎこちない返答に、蓮水は満足そうな笑みを浮かべた。

春人はその笑みを見た瞬間、息を飲む。

上質なスーツを着てゆったりとイスに腰かける蓮水は、とても秀でた容姿をしている。

顔のパーツはどれも秀逸《しゅういつ》な造形で、特に切れ長の瞳が涼やかで印象的だった。

だが、春人は気づいてしまった。

微笑みを象《かたど》る口元とは対照的に、瞳は見たものの心臓を凍らせるような鋭さを放っていることに……。

通常ならば多くの人を魅了する蓮水の笑みも、弁償金で縛られることになった春人には、ひたすら恐怖心をかき立てられるものでしかなかった。

「うっ、七時十三分……。遅くなっちゃった」

通用口を出たところで腕時計を確認し、春人は顔色を変える。

今日は木曜日でバイトはない。

バイトはないが、蓮水家に行くことになっているのだ。

「蓮水さん、待ってるかな？　急がないと陽向くんの寝る時間になっちゃうな」

また蓮水に怒られるかもしれない。

眉間に皺を寄せた蓮水の顔が一瞬頭に浮かび、焦ってしまう。

節約のためには駅から電車を使って向かいたいところだが、今は移動時間の方を節約しないとまずい気がする。

春人は病院の正面玄関前に停まっているタクシーに乗り込み、蓮水の自宅マンションの住所を告げた。

蓮水家に到着するまで二十分弱。

病院での勤務を終えてホッと肩の力を抜きたいところだが、蓮水に呼び出されたことを考えると仕事の時とは別の緊張に襲われた。

——来いって言われたけど、いったい何をさせられるんだろ？

蓮水からの呼び出しは今日で二回目。

前回の陽向の発作から二日しか経っていない。

また陽向の具合が悪いのかと心配になったが、電話をかけてきた蓮水に尋ねると、いたって元気だと返された。

ならいったいなぜ自分が呼ばれるのだろうか？

不思議に思ったが、二百九十九万円もの弁償金を抱えている身で、気軽に質問出来なかった。

春人には彼の呼び出しに黙って従うことしか許されていない。

――あ、もしかして、蓮水さんの具合が悪いとか？

それならそれで診察が終わればすぐに帰れるなと思う反面、あの不愛想《ぶあいそう》な蓮水を診察する場面を想像して、さらに緊張が高まってしまった。

――と、とにかく、言われたことだけをしよう。

余計なことをして何か失敗したら、さらに状況が悪くなってしまう。

春人があれこれ考えている間に、タクシーがマンション前に到着した。

車を降り、扉の外にあるインターフォンを操作する。

「あ、あの、橘で……」

最後まで言い切らないうちにインターフォンが切られ、マンション出入口のドアが開く。

蓮水はやはり遅くなったことを怒っているのだろうか。

春人の足取りは一気に重くなり、今すぐ帰りたい気持ちと戦いながらエレベーターに乗り込み、二日前に訪れたばかりの蓮水家にたどり着く。

恐る恐るチャイムを押すと、すぐに蓮水がドアを開けてくれた。

「やっと来たか」

「す、すみませんっ」

蓮水の第一声がこれで、春人は萎縮したように身を縮こまらせる。

彼の視線から逃れるために視線を下に落とすと、蓮水の背後からおずおずと顔を覗かせている陽向と目が合った。

陽向の存在があることで緊張がフッと抜け、春人は反射的にその場にしゃがみ、目線を合わせる。

「陽向くん、こんばんは」

「……こんばんは」

パジャマ姿の陽向は、モジモジしながらも小声で返してくれた。

人見知りしているのか、わずかに頬を紅潮させ、はにかみながら自分を見上げる姿を目にし、春人は心の中で呟く。

――か、可愛い……っ。

親子だけあり、陽向は父親の蓮水と似通った顔立ちをしている。

けれど、目元だけは蓮水と違い、愛くるしさが窺えるクリクリとした大きな瞳をしていた。

これまでも往診の時に何度か顔を合わせているが、その時は陽向も苦しくて目をきつくつぶっていることが多く、こんなにも可愛らしい瞳をしていたことを初めて知った。

陽向のこの瞳は母親譲りなのだろうか。

そんなことを考えながら、春人は陽向に微笑みかける。

「よかった、今日は発作を起こしてないね」

「……うん」

コクリと頷き照れ笑いする陽向につられ、春人の頬も自然と緩む。

――陽向くんと話してると癒されるなぁ。

ニコニコしながら見つめ合っていると、頭上から蓮水の低い声が降って来た。

「今日は気温が高くて汗をかいていたから、帰宅してすぐに家政婦が風呂に入れてくれた。だから、先生は陽向に夕食を食べさせてくれ。俺は部屋で仕事をする」

「え……？」

蓮水の指示がよくわからなくて首を傾げると、『質問は受けつけない』と言わんばかりの威圧的な目で見下ろされ、春人は咄嗟に頷いていた。

それを了承と取ったようで、蓮水は次に陽向に伝える。

「先生と一緒にいるんだぞ」

「うん、わかった」

蓮水は陽向の頭を軽く撫で、一足先にさっさと書斎へ引っ込んでしまう。

その場に残された春人は蓮水の背中を見送った後、困惑しながら状況を整理する。

「えっと……、ご飯を作ればいいのかな？」

十分な説明もなく陽向を任され、春人は少し動揺する。

すると、左手にフワッと小さな温もりを感じた。

「せんせい、おなかすいた。あっちいこう」

陽向の小さな手が春人の手に重なっている。

それでようやく我に返り、陽向の手を引いてとりあえずリビングへ移動した。

「ええっと、パパはお仕事があるみたいだから、終わるまで僕といようね」

「うんっ」

あまり面識のない大人と二人きりにされ、陽向が不安に思わないか心配だったが、意外にもすぐに心を許してくれた。

往診で何度か顔を合わせているからだろうか。それとも、こういう状況に慣れているのか……。

「陽向くん、僕が料理している間、イスに座って待っててくれるかな？」

きちんと片づけられた室内をグルリと見渡し、料理が出来るまで陽向を座らせようとダイニングテーブルに向かう。

「りょうり？　どうして？」

「陽向くんの夕ご飯を作るんだよ」

歩きながら伝えると、陽向が首を傾げる。

「もうあるよ？」

陽向の言う通り、ダイニングテーブルの上にはすでに料理が置かれている。

てっきり料理もしなくてはいけないと思っていたので、出来上がっていたことに安堵した。

「よかった、じゃあすぐに食べられるね。陽向くんの席は……」

さっそく食べさせようとしたところであることに気づき、テーブルの上をまじまじ見つめてしまう。

――これは蓮水さんの分？

大きなダイニングテーブルを挟んで向かい合う形で、二人分の夕食が用意されていたのだ。

きっと仕事が一段落してから食べるのだろうと思い、とりあえず陽向をキャラクター柄のクッションが置かれたイスに座らせる。

「せんせい、たべていい？」

「もちろんだよ。あ、僕も座るね」

傍で立って見ていたら食べづらいかと思い、陽向の隣のイスに腰を下ろす。

陽向はきちんと両手を合わせ、「いただきます」と言ってから箸を手に取った。

お腹がとても空いていたのか、陽向は黙々と料理を口に運んでいく。

「へえ、陽向くんすごいね。お箸が上手だ」

小さな手で箸を持ち、器用に食べていることに感心する。

小児科医だから様々な年齢の子供たちを病院で目にするが、そういえば食事の様子をまじまじと見たことはなく、五歳でもこんなに器用に箸を使えるのかと驚いた。

「パパがおしえてくれたから。このおはしも、パパがかってくれたんだよ」

褒められて嬉しくなったのか、陽向は機嫌よく箸を見せてくれる。

クッションと同じ、子供に人気のキャラクター物で、蓮水が陽向の好みに合わせて用意したらしい。

——蓮水さんがこれを買ったのか。

子供のものを親が買うのはなんらおかしなことではない。

だが、子供向けの商品を物色する蓮水の姿を思い浮かべてしまい、そのギャップに思わずフッと笑ってしまう。

「いいお箸だね。パパは陽向くんの好きなものをよく知ってるね」

「うん、ぼくがパパにおしえてあげてるから」

春人に見せる顔と陽向に見せる顔は、どうやら別のものらしい。

あの威圧感のある男が息子の前でどんな顔を見せるのか、少し気になった。

陽向は夢中でご飯を食べている。その様子を見守りながら、つい料理に目がいった。

用意されていたのは和食で、メインのおかずは焼き鮭。他に副菜《ふくさい》としてひじきの煮物と、キュウリの浅漬け、汁物《しるもの》は玉ねぎとじゃがいもの味噌汁《ざけ》だ。だが、陽向の前にだけ、タコさんウインナーとウサギ型に切ったリンゴが置かれている。

一人暮らしが長く、仕事が忙しくてあまり自炊《じすい》をしない春人にとって、このありふれた家庭料理がとても美味しそうに見えた。

さっきまで空腹なんて感じていなかったのに、美味しそうな料理を前にしたら急にお腹が空いてくる。

――今日は鮭弁当を買って帰ろう。

頭の中で算段をつけていると、ついにお腹がグウと鳴ってしまった。

隣にいる陽向にもしっかり聞こえたようで、びっくりした顔でこちらを振り返る。

「あ、あはは、美味しそうなご飯を見てたら、僕もお腹空《す》いてきちゃった」

照れ隠しに苦笑いしながら口にすると、陽向がじっと自分のお膳《ぜん》を見つめ、そっとひじきの煮物が入った小鉢をこちらに差し出してきた。

「あげる」

「えっ？　気にしないでいいからね？　僕も帰ったらご飯食べるから」

「ひじき、いや？　じゃあ、タコさんは？」

「えっと、ひじきもウインナーも好きだけど、陽向くんのご飯を僕が食べるわけにいかないから」

五歳児に気を使わせてしまい、春人は焦ってしまう。

気持ちは嬉しいけれど、子供のご飯をわけてもらうわけにはいかない。

春人は固辞《こじ》したが、陽向は瞳を曇らせ悲しそうな顔をした。

「……せんせいもいっしょに、たべてほしいのに」

「陽向くん……」

春人は思わず広々としたリビングを見渡す。

広い部屋で羨ましいと思っていたが、今はなぜか寒々しく感じる。

――陽向くんは、いつも一人で食べてるのかな……。

カルテに記載されていた情報によると、蓮水家は父子家庭で、父親の蓮水は全国に複数の店舗を展開する宝石店のオーナーだそうだ。

陽向は日中、保育園に通っているが、蓮水の帰りが遅くなる日はハウスキーパー兼ベビーシッターとして雇っている家政婦が世話をしているらしい。

おそらく蓮水家の掃除が隅々まで行き届いているのも、この食事を作ってくれたのも、その家政婦さんだろう。

蓮水親子とのつき合いは浅いが、陽向が大切に育てられていることはわかっている。

けれど、蓮水も経営者として忙しく働いているため、どうしても陽向と過ごす時間が限られてしまっているのだろう。

脳裏にふと、この広いリビングで一人でポツンと食事をする陽向の姿が思い浮かんでしまい、胸が切なくなった。

「……ちょっと待っててね」

春人は立ち上がってキッチンに向かう。

許可なく人様の家の棚を物色することに引け目を感じつつ、ちょうどいいサイズの小皿を発見した。

その小皿と箸を借りてテーブルに戻り、ひじきの煮物を少し取り分ける。

「全部は悪いから、半分こにしよう」

陽向がパアッと瞳を輝かせ、ウインナーを一つ取って皿に乗せてきた。さらに鮭を一口分と、きゅうりも一つ、春人の皿に乗せてくれる。

「せんせい、どうぞ」

「こんなにたくさん、ありがとう。じゃあさっそく、いただきます」

先ほどの陽向を真似て両手を合わせてから、まず鮭を口に運ぶ。

──美味しい……。

空腹なことも相まって、一度箸をつけたら止まらなくなり、パクパクと残りの料理も食べていく。

「ふう、美味しかった」

この量では満腹にはならないが、不思議と気持ちは満たされている。

「せんせい、もっとたべる？」

春人の食べっぷりを見て陽向が申し出てくれたが、いくら美味しいからといって、これ以上分けてもらうわけにはいかない。

春人が「もう十分だよ。ありがとう」と伝えると、陽向はニコリと微笑み、残りを食べた。

「おなかいっぱい。ごちそうさまでした」

「僕もごちそうさまでした」

完食した陽向が手を合わせるのを見て、春人も同じようにごちそうさまと口にする。

「お皿洗うから、陽向くんはリビングで待っててね」

空になった食器をまとめキッチンで洗っていると、しばらくして陽向が柱の陰からチラチラとこちらを見ているのに気づいた。

春人は手早く食器を洗い終え、何か言いたそうにしている陽向の前で膝をつく。

「どうしたの？」

「……せんせい、もうかえっちゃう？」

「ええっと……」

蓮水からは陽向に夕食を食べさせるように、としか言われていない。

食べ終わった後はどうすればいいのかも言われていなかった。

――帰ってもいいのかな？　どうなんだろ？

春人自身もこの後どうしたらいいのかわからず、返答に間が空いてしまった。

すると途端に陽向の表情が曇り、見るからにがっかりした顔になる。

初めは一人になるのが寂しいのかと思ったが、陽向が背中に絵本を隠し持っているのが見え、理由に気づく。

「何か僕にしてほしいことがあるのかな？」

「んっとね、あのね、えほん……」

陽向は遠慮がちに、おずおずと絵本を差し出してきた。

それを受け取り、タイトルに視線を落とす。

「ああ、この本、僕も知ってるよ。病院にも置いてあるんだ。人気の絵本だよね」

「うんっ、そうなの。ぼく、このえほんがすきなんだ。ほいくえんにもあるんだけど、おともだちもこのえほんがすきで、だからぼく、あんまりよめなくて……」

「そっか、陽向くんはお友達と仲良く絵本を貸し合いっこ出来て偉いね。じゃあ、この絵本はパパが買ってくれたのかな？」

「ううん、ちがう。サンタさんがプレゼントしてくれた」

――蓮水さん、クリスマスをちゃんとしてるんだ……。

幼い子供がいる家庭では、クリスマスに親がサンタのフリをしてプレゼントを持ってきてくれるのが定番だ。

陽向のことを大切にしている蓮水も同じく、サンタさんからのプレゼントを用意してあげているようだ。

いったいどんな顔でクリスマス前夜、寝ている陽向の枕元にこの絵本を置いたのだろう。スーツをビシッと着た蓮水が、夜中にコソコソと陽向の部屋に絵本を置きに行く姿を想像し、またも噴き出してしまう。

「せんせい、どうしてわらってるの？」

「ん？　えっと、この絵本、僕も陽向くんと一緒に読みたいなって思って」

「ほんと!?　じゃあ、いっしょによもうよ」

二人でリビングのソファへ移動して、さっそくページをめくる。

なんとなく内容は知っていたが、こうしてしっかり読むのは初めてだ。

絵本を読むのは久しぶりだな、と思いつつ、声に出して読んでいく。

「……そこで子ウサギが言いました。『それはぼくのパンだよ』と。すると……、あれ、

陽向くん、眠くなっちゃった？」

「ううん、まだへいき」

絵本を半分ほど読んだ時、陽向が大きなあくびをした。

陽向は眠くないと返してきたが、時計で時間を確認すると九時近くになっている。

子供はもう寝る時間だ。

「明日も保育園に行くんでしょ？　そろそろ寝ようか」

「でも、えほん……」

よっぽど続きを読んでほしいのか、陽向は目を擦りながらも頑として部屋に行こうとしない。

春人は苦笑しつつ、絵本を閉じて陽向のサラサラの髪をそうっと撫でた。

「僕も続きが気になるなあ。でも寝る時間だし……。あ、そうだ、陽向くんのベッドで続きを読むのはどうかな？」

「うん、いいよ」

陽向はホッとしたように笑みを浮かべ、春人の手を引いて子供部屋に向かう。

その途中で蓮水の書類の前を通ったが、まだ仕事が終わらないのか出てくる気配はなかった。

一声かけようか迷い、陽向がまたあくびをして眠そうにしていたので、寝かしつけてからにしようとそのまま通り過ぎる。

「じゃあ陽向くんはベッドに入って。続きを読むから」

「え？　せんせいもいっしょに、ゴロンしないの？」

「うーん、僕も入ったら狭いでしょ？」

「せんせいよりおおきいパパも、たまにゴロンするよ？　だいじょうぶだよ」

どうやら蓮水は添い寝して陽向を寝かしつけることがあるようだ。

今日、この家を訪れ、陽向の口から聞かされる蓮水の様子は意外なものばかりだ。

自分の前で蓮水は不機嫌そうな顔ばかりしているのに……。

けれど、もしかしたら陽向と一緒にいる時の方が、本来の彼の姿なのかもしれない。

三百万円もする指輪を不注意で紛失されたら、誰だって怒るだろう。

――どう考えても、僕が悪い。

自分のしでかしたことを棚に上げ、蓮水のことを勝手に怖い人だと思っていたことを、春人は反省した。

「ぼく、はじっこによるから。せんせいもはいれるでしょ？」

陽向は春人のために場所を空けようと、シングルサイズのベッドの端に寄ってくれた。

ここまでしてもらったら断りきれず、春人はスーツの上着を脱いでベッドにもぐり込む。

――わ、あったかい。

狭いから必然的に陽向とくっつく形になり、フワッと柔らかな毛布で包まれるような温かさを感じた。

「せんせい、つづきよんで」

「あ、うん。……すると、今度は子リスがやってきて、『わたしもそのパンが食べたいの』と言いました。パンは一つしかありません。子ウサギは困ってしまいました。その時……」

絵本の音読はあまり経験がなく、自分でも聞き苦しいと感じてしまう。

けれど、どんなにたどたどしい読み聞かせでも、陽向は文句を言うこともなく耳を傾けてくれている。

お気に入りだと言っていたから、きっと何度も読んだことがあるだろう。だから絵本の内容は知っているはずだ。

それでも真剣な顔で絵本に見入っていた。

「……子グマさんのおかげで、一つのパンを四つに分け、全員に渡すことが出来ました。皆で分けて小さくなってしまったパンを食べると、不思議なことに、とても満たされた気持ちになりました。皆で分けたこのパンが、世界一美味しく感じられたのです。子ウサギは、『明日も皆でパンを食べよう』と誘いました。……おわり」

絵本を読み終わり、本を閉じる。

隣を見ると、いつの間にか陽向が寝息を立てている。

枕元に絵本を置き、陽向の寝顔を見つめた。

――だから、僕にもご飯を分けてくれたのか。

全部一人で食べてしまうよりも、お腹を空かせている人と分け合って食べた方が、ずっと美味しく幸せな気持ちになれる。

そのことをこの絵本から学び、春人に自分の夕食を分けてくれたのだろう。

素直でとても優しい子だと思った。

春人は心の中で「おやすみ」と呟き、そのまま目をつぶる。

今動いたら振動で起こしてしまうかもしれない。陽向が熟睡《じゅくすい》するまで、少しこのままでいよう。

――少ししたら蓮水さんのところに行って、帰っていいか聞こう。

書斎にこもったきり姿を見かけていないが、まだ仕事中なのだろうか。

目を閉じてじっとしていると、仕事の疲れがどっと押し寄せてきて、強烈な眠気に襲われた。

眠ってはいけない、と思いつつも、傍らに陽向がぴったり寄り添っているから、温かくてとても気持ちがいい。

——まずい。もう起きなきゃ。

このままだと本格的に眠ってしまう。

そう思いながらも、今この時が心地良過ぎて、春人はいつしかそのまま眠りに落ちてしまった。


子ウサギと子グマと子リスと子ウマ。

四匹の動物に囲まれて春人がスヤスヤ眠っていると、突然、子グマが寝返りを打ち、覆いかぶさってきた。

——く、苦しいっ。

口と鼻を塞がれ、息苦しさで飛び起きる。

「はあ、はあ……っ。く、苦しかった」

可愛らしい子グマでも、やはりクマはクマ。危うく窒息《ちっそく》するところだった。

――って、あれは夢か。

昨日、寝る前に絵本を読んだから、その登場人物が夢に出てきたようだ。我ながら単純だと苦笑する。

その時、隣でモゾモゾと小さな塊が動いた。

塊は、丸まったり伸びたりしている。

一瞬、夢と現実がごっちゃになって、この塊が子グマかと錯覚しそうになったが、すぐに子グマではなく陽向だと気づく。

「陽向くん？　どうしてここに……あっ！　今何時!?」

寝かしつけしながら、いつの間にか自分も寝入ってしまったようだ。

どのくらい寝ていたのだろう。

腕時計に目を落とすと、六時ぴったりだった。

――嘘……っ。一晩寝ちゃってた!?

何度見ても時計は六時を示しており、しっかり朝まで熟睡していたことを春人に告げてくる。

いくら昼間も仕事して疲れていたからと言って、患者さんの自宅、それも患者さんのベッドで並んで寝るだなんて、あってはならない事態だ。

──蓮水さんは？　起こしてくれなかったの？

まさか呼びつけておいて春人のことを忘れたわけはないだろう。

たとえ忘れていたとしても、息子の様子を見にこの部屋を覗いたはずだ。

その時に一緒のベッドで図々しくも熟睡している春人を見つけたら、彼のことだからとてつもない叱責《しっせき》をしてくるはず。

それなのに、どうして自分は朝までしっかり眠ってしまったのか……。

春人はまだ寝ている陽向を残し、青い顔で物音のするリビングへ向かう。

ドアを開け呼びかけた時、フワリと味噌汁の匂いが漂ってきた。

キッチンから炊事をする音が聞こえ、もう家政婦さんが来たのかと狼狽《うろた》える。

挨拶して身元を明かしておかないと、下手すると不審者と間違えられかねない。

春人はキッチンへ向かったが、そこに立っていた意外な人物を見て、驚きで言葉を失ってしまった。

「は、蓮水さん!?」

キッチンに立っていたのは、スーツの上からエプロンをつけた蓮水だったのだ。

彼はこちらをチラリと一瞥《いちべつ》しただけで、無言で菜箸《さいばし》を動かし続ける。

──蓮水さん、料理出来るんだ。

昨日の陽向との会話の中で、彼の意外な一面を知ったが、エプロン姿で早朝から料理を作る蓮水の姿には、これまでで一番の衝撃を受けた。

春人が唖然と立ち尽くしている間も、蓮水はこちらを気にもとめずに黙々と作業を続ける。

やがてハッと我に返った春人は、何から話せばいいのか頭を悩ませた。

——ひとまず料理のことについては置いておこう。

まず、うっかり眠ってしまったことを謝らないと……。

「あ、あの、蓮水さんっ。昨日は……」

「あーっ、せんせいだ！」

意を決して無言の蓮水に話しかけた時、開けたままだったドアからパジャマ姿の陽向が入って来て、春人を見つけて大きな声を上げた。

「ひ、陽向くん、起きたんだね」

出鼻をくじかれ、たじろぐ春人に、陽向は無邪気に飛びついてきた。一晩ですっかり懐いてくれたようだ。

「せんせい、あさもきてくれたんだね！」

「いや、その、来たっていうか、帰らなかったっていうか……」

しどろもどろになりながら今必要ではない訂正を口にすると、蓮水が「陽向」と今日初めて言葉を発した。

「なあに、パパ？」

「朝起きたら『おはよう』だろう？」

「あ、そうだった。せんせい、おはようございます。パパも、おはようございます」

「おはよう。すぐに朝食にするぞ」

「はーい。あ、おべんとうは？　きょうは、おべんとうのひだよ？」

「作ってある」

親子の会話が続き、春人は完全に蓮水に話しかけるタイミングを逃してしまった。

立ち尽くしていると陽向に手を取られ、キッチンへ連れて行かれる。

「せんせいに、みせてあげる。パパのつくった、おべんとう」

「え？　そんな、いいよ」

咄嗟にそう返したら、陽向がしょぼんと肩を落としてしまった、
ジロリと蓮水の鋭い眼光が春人に向けられ、背筋がヒヤリとする。

「ご、ごめん、陽向くん。本当は僕もすごく見たいんだけど、見てもいいかパパに聞かないといけないなあって思って」

「そっか。パパ、みせてもいい？」

陽向がすぐさま蓮水に確認を取る。

蓮水は一瞬不服そうな顔をしたものの、息子の気持ちを優先してか頷いてくれた。

「せんせい、パパがいいよって」

「そ、そう。よかった」

何がよかったのか自分でもよくわからなくなっていた。

一人で焦っている春人を無視し、蓮水は陽向の前で小さな弁当箱の蓋を開けて中を見せる。

「わあ、きょうはハンバーグだぁ。イチゴもはいってるー！」

「残さず食べろよ」

「うん！」

春人も弁当箱を覗いてみると、想像の何倍も彩《いろど》りのいい弁当で、また驚いてしまった。

ミニハンバーグ、つけ合わせにニンジンとポテト、ブロッコリー、ご飯は食べやすいようにおにぎりにしてある。そしてデザートは大粒のイチゴだ。

今はイチゴの季節ではない。綺麗なイチゴだから、きっとどこかの高級フルーツ店で買ってきたのだろう。

おかずは買ってきたものではなく、全部手作りのようだった。

――これ、全部朝から蓮水さんが作ったの？

チラリとキッチンを確認すると、料理した形跡が確かに残っていた。

「せんせい、パパのおべんとう、すごいでしょ？」

「う、うん、そうだね。びっくりした」

素直な感想を口にすると、まるで自分のことを褒められたかのように、陽向が嬉しそうに微笑んだ。

「ほら、朝食にするぞ」

「はーい。おきがえしてくるー」

陽向はそそくさとキッチンから出て行き、蓮水と二人きりになってしまった。

陽向がいなくなると蓮水の周囲の空気はガラリと変わり、春人は身を強張らせる。

本音を言うと、今すぐこの場から立ち去りたい。

だが、そんな勝手が許される身ではないのだ。

自分はまだ弁償金二百九十九万円を背負っているのだから。

「あの、蓮水さん。昨夜はすみませんでしたっ。うっかり眠ってしまって……」

春人が謝罪の言葉と共に頭を下げると、頭上からフッと嘆息が聞こえてきた。

「いいご身分だな。人の家で熟睡するなんて。それも息子と一緒のベッドで」

――やっぱり気づいてたんだ。

ならなぜ眠っている春人を発見した時点で、起こしてくれなかったのか。

疑問に思ったが、非は完全に自分にある。

「すみませんっ」

「まあいい。こっちへ来い」

春人が再度謝罪すると、蓮水はリビングへ移動する。

そして先日と同じように受領書にペンを走らせ、それを渡してきた。

おずおずとそれを受け取り文面を確認して、春人は首を傾げる。

――ベビーシッター代？

先日は『往診代』と書いてあったが、今日は『ベビーシッター代』となっている。金額はどちらも一万円で変化はない。

「あの、『ベビーシッター代』っていうのは？」

「俺が提示した報酬は、一回一万だったよな？　そして先生が抱えている弁償金の残りは今回の分を引いて、二百九十八万円だ。陽向が喘息持ちでも、それほど頻繁《ひんぱん》に往診を頼むことはないだろう？　だから、これからはベビーシッターとしても働いてもらうことにした」

「……へ？」

春人は子供が好きで小児科医になったこともあり、陽向のことも可愛いと思っている。だから昨夜のように一緒に過ごすくらいならかまわないのだが、保育士の資格も持っていない自分で本当にいいのかと、不安になってしまった。

「あの、僕で大丈夫ですか？　蓮水さんの満足のいく仕事が出来るかわかりません」

「医者に陽向の教育までしてもらおうなんて思っていない。先生は昨日のように、陽向に危険がないよう傍についていてもらえればそれでいい」

ベビーシッターと言われたから身構えてしまったが、昨夜のような感じでよければむしろとてもいい条件だ。

家には待つ人もいないし、たまの休日も勉強と家事をするくらいで、これといった趣味もなく、暇を持て余していたのだ。

可愛い陽向と一緒に過ごせるのなら、春人も嬉しい。

大学病院の仕事と往診のバイトに影響がない範囲でなら、ぜひ引き受けたい。

「よろしくお願いしますっ」

「決まりだな。基本的には、バイトがない日は大学病院での仕事が終わったらここへ来い。

もちろん休日もな」

「は……」

はい、と反射的に頷こうとして、ピタリと動きが止まる。

――バイトのない日って、それじゃあ月の半分はここに来ることになるの!?

大学病院の当直は月に三日、往診のバイトは月十日前後だ。

それ以外の日に全て蓮水家に通うのは、さすがに体力に不安を覚える。

「すみません、半分くらいに減らしてもらえませんか？　無理ならせめて十日とか……」

遠慮がちに要望を伝えた途端、蓮水が眉間に皺を寄せ語気《ごき》を強めて言ってきた。

「橘先生、自分が俺にいくら貸しがあるか、ちゃんと理解しているのか？」

「も、もちろんです。二百九十八万円で……」

「計算してみたか？　週に三日来る計算で、月に十二万ほど。このペースでも弁償金を払い終えるまで二年かかる」

「に、二年!?」

――そんなにかかるの？

改めて三百万円という金額の大きさを実感し、気持ちが沈んでしまう。

「ましてや、往診だけでチマチマ返してもらっていたら、完済まで十年以上かかるだろうな。だから先生のためを思って、新たに仕事を与えてやったんだ。まさか俺の善意からの提案に、異議を唱えるわけがないよな？」

「は、はい、もちろんです……」

視界の隅で、蓮水がニヤリと口角を上げたのが目に入った。

まるで困惑している春人を見て楽しんでいるような、人の悪い笑みに感じてしまう。

——僕を困らせて、蓮水さんが楽しむわけない。

自分の思い違いだ。

春人が無理やりそう結論づけた時、着替えを終えた陽向が戻ってきた。

そして沈痛な面持ちで立っている春人と、ソファに悠々と腰掛けている蓮水を交互に見て、不思議そうに首を傾げる。

「パパとせんせい、なにしてるの？　ごはんは？」

「ええっと……、ちょっとパパと仕事のお話をしてたんだ」

「ふうん。ねえ、せんせい、またあそびにきてくれる？」

「えーっと、今日はバイトがあるから、明日来るね」

陽向の瞳が喜びを現わすように、キラキラと輝く。

「わーい！　まってるからね、せんせい。やくそくだよ」

春人と蓮水の間にある契約を知らない陽向は、素直に喜んでくれた。

複雑な心境で、春人はリビングに置きっぱなしだった鞄を持って蓮水家を後にしようとする。

「じゃあ陽向くん、また来るね。蓮水さん、お邪魔しました」

「おい、どこへ行くんだ」

「どこって、家に帰るんですが……」

春人を呼び止めておきながら、蓮水は苦々しい顔でソファから立ち上がり、無言でキッチンに引っ込んだ。

春人がオロオロしていると、蓮水はダイニングテーブルに料理を並べていく。

「朝食だ」

「はーい」

陽向はいそいそとテーブルに向かう。

春人は今度こそお暇《いとま》しようとリビングを出ようとして、またも蓮水に呼び止められた。

「待て。こっちへ来い」

「はい？」

不機嫌を露わにしている蓮水に、どうしてですか、とは聞けない。

訝しく思いながら彼の方へ歩み寄ると、テーブルの上にはどう見ても三人分の朝食が用意されていた。

「え？　え？」

瞬きしても目を擦っても、テーブルの上の三人分の料理は消えない。

――どういう状況？

蓮水は他になんの説明もせず、さっさとイスに腰掛けてしまう。

いただきます、と言って目玉焼きに箸を伸ばす陽向を見つめながら、春人の頭の中は大混乱を起こしていた。

――これ、僕のために用意してくれたのかな？

たぶんそうだと思うが、わずかだがそうでない可能性も捨てきれない。

春人が困っていると、蓮水がこちらを見ないまま尋ねてきた。

「……和食は口に合わないのか？」

「え？　いえ、好き嫌いは特にないですけど」

「夕食が手つかずで残してあった」

「あれ、僕の分だったんですか!?」

びっくりして思わず聞き返していた。

自分は蓮水に大金を返済しないといけない立場で、夕食を出してもらえるような立場ではない。

蓮水の考えていることがわからず、思わずまじまじと見つめてしまった。

その視線に気づいたようで、蓮水の眉間にグッと皺が寄る。

苛立っているのが伝わって来て、春人はそれから逃れるように食卓に視線を落とす。

朝食のメニューはご飯と味噌汁、目玉焼きとウインナー、サラダといった簡単なものだったが、同時に陽向のお弁当まで作っていた。その手際のよさは、日頃から料理を作り慣れているからだろう。

もしかして、昨夜の夕食も彼が作ってくれたのかもしれない。

――僕の分だって知っていたら、食べたのに。

少しだけ陽向から分けてもらって食べたが、どの料理も美味しかった。

本音を言うと、もっと食べたいと思っていたのだ。

「……昨日の夕食は、僕のために用意してくれたと思わなくて、残してしまってすみませんでした。実は少し、陽向くんに分けてもらって食べたんです。とても美味しかったです、ごちそうさまでした」

謝罪と礼を伝えたが、蓮水は無言で箸を手に取り食事を始めた。

春人も蓮水親子の向かいのイスに腰を下ろし、「いただきます」と呟いてから味噌汁に口をつける。

今日の具は豆腐とわかめ。

朝からこんなにきちんとした食事を食べるなんて、何年ぶりだろう。

感動して胸がジーンと震える。

春人が無心で食事をしていると、陽向が横に座る蓮水の服を引っ張り、ある報告をし始めた。

「パパ、あのね、きのう、せんせいのおなかがなったんだよ。グウッて。だから、これからたくさんごはんつくってあげて」

「ひ、陽向くんっ」

そんなみっともないことを報告しなくていいのに。

蓮水になんて言われるかわからない。

春人はこっそり蓮水の顔色を窺う。

しかし、予想に反し、蓮水は瞳を細め「ああ」と返しただけだった。

自分に向けるものとは違い、柔らかな眼差しで息子を見つめる蓮水に目を奪われる。

――陽向くんにはこんな優しい顔をするのか……。

春人から見た蓮水のこれまでの印象は、冷たくて不遜《ふそん》な男、というものだった。

しかし、陽向と一緒にいる時の彼は、子煩悩で優しい父親。

仕事を持ち帰るほど多忙を極めているのに、息子のお弁当を作るために早起きし、なんてことのない話にもきちんと耳を傾けている。

その姿はどこからどう見ても立派な父親で、春人に横柄な態度を取る男と同一人物だとは思えないほどだ。

驚きのあまり箸が止まってしまった春人に気づき、蓮水が怪訝《けげん》な眼差しを送ってくる。

ばっちり目が合ってしまい、切れ長の鋭い瞳で見つめられた春人は、動揺してつい余計なことを口走っていた。

「は、蓮水さんは、陽向くんの前だと優しい顔をするんですね」

言った後で、これは失言だと気づき青くなる。

案の定、蓮水は見る見る形相《ぎょうそう》を険しくしていく。

「それはどういう意味だ？　俺を怒らせたいのか？　それとも、陽向にするように優しくしてほしいっていう意味か？」

「怒らせたいなんて、とんでもない誤解ですっ。その、うっかり本音が口から出て……、あ、いえ、違うんですっ」

——これも言っちゃ駄目な言葉だった……っ。

しゃべればしゃべるほど、蓮水を怒らせるようなことを言ってしまう。

普段はこんな失敗しないのに、蓮水と食卓を囲んでいるこの異様な状況に、自分で思っているよりもずっと気が動転しているのかもしれない。

「いい度胸だな、先生。俺への迷惑料も上乗せしてやろうか？」

「すみません、もう何も言いませんっ」

これ以上、返済額が増えたらたまらない。

春人は余計なことを言わないよう、料理を次々に口に放り込む。

陽向は大人たちの間で交わされた会話がよくわからなかったようで、キョトンとしていたが、場の空気が重くなったことを感じ取ったのか、話題を変えるかのようにこう言った。

「ねえ、パパ。イチゴまだある？」

「食べたいのか？」

「うん！　ぼく、くだもののなかで、いっちばんイチゴがすき！」

いつの間にか食事を終えていた蓮水は席を立ち、イチゴを盛りつけた器《うつわ》を持って戻ってきた。

「朝食は全部食べたか？　なら、イチゴを食べていい。ほら」

蓮水はフォークでイチゴを刺し、陽向の口に持っていく。

陽向も雛鳥《ひなどり》のようにパカッと口を開け、熟したイチゴを頬張る。

幸せそうな顔でモグモグ口を動かし、ニッコリ笑顔を蓮水に向ける。

「おいしいっ。パパもどうぞ」

今度は陽向がフォークを手に取り、イチゴを刺して蓮水に差し出す。

目の前に春人がいるからか、蓮水は「陽向が全部食べていい」と遠慮していたが、陽向に強く勧められ、渋々差し出されたイチゴを口に含んだ。

「ね？　おいしいでしょ？」

「そうだな」

――蓮水さんも陽向くんには勝てないのか。

そう思ったら、ついフフッと小さな笑い声をこぼしていた。

それを蓮水は聞き逃さず、ジロリと睨んでくる。

「いや、その、これは……」

春人が慌てて言い訳しようとすると、それを無視して蓮水が指でイチゴを摘み、口元に突きつけてきた。

「な、なんですか？」

「先生も食べたいだろう？　口を開けろ」

「いえ、僕はいいです」

フルフルと頭を左右に振って固辞するが、蓮水はますます目つきを険しくし、低い声音で命じてくる。

「先生にも陽向にするように優しくしてやってるんだ。早く口を開けろ」

「……っ」

——これは、完全にさっきの僕の失言を根に持ってる……。

春人は蓮水の威圧感に耐え切れなくなり、口を開けイチゴを少し齧る。

途端に口内に甘酸っぱさが広がり、こんな状況なのにとても美味しいと感じた。

「おい、そんな食べ方するな。果汁が垂れるだろうが」

蓮水に指摘され、春人は慌ててもう一度口を開ける。

残りのイチゴを口に押し込み、蓮水は果汁がついた手をペロリと舐めた。

無意識の仕草なのだろうが、春人は不覚にも見てはいけないものを見たような、落ち着かない気持ちになる。

——格好いい人は何しても格好いいんだな。

同性なのに不覚にもドキドキしてしまうほど、蓮水には色気があった。

そんな感想を抱いてしまったことにも動揺してしまう。

「せんせい、イチゴおいしい？」

「う、うん、美味しいよ」

蓮水から目を逸らし、取り繕うように返すと、陽向は嬉しそうに微笑んだ。

「じゃあ、またわけっこしよ？」

「いいの？」

「うん！　わけっこしたほうが、おいしいもん」

蓮水はもういらないと言うので、陽向と半分こしてイチゴを食べる。

チラリと蓮水の様子を窺うと、こちらを気にしている様子はなくホッとした。

イチゴを食べ終わると、蓮水が時計を確認して言った。

「陽向、そろそろ保育園に行く時間だ」

春人もつられて時計を見ると、すでに七時半を過ぎている。

「あっ、もうこんな時間!?」

思わず大きな声を出してしまった。

今日も大学病院での仕事がある。

勤務開始は八時半だが、新米医師の春人は八時前には出勤して、担当している入院患者さんの様子を見に行くことになっていた。

蓮水家の付近でタイミングよくタクシーに乗れたら八時には着くだろうが、そう上手いこと掴まえられる保証はない。電車で向かうことも出来るが、今から出ると始業時間ギリギリになってしまう。

「すみません、お先に失礼しますっ」

春人は蓮水親子より一足先に慌ただしく玄関を出て、マンションの前の道でタクシーを探す。

しかし、タクシーは通りかからない。

「駅まで走って三分、そこから十五分電車に乗って、違う線の電車に乗り換えて二十分、駅から病院までまた走って五分か……。ギリギリだ」

──迷ってる時間がもったいない。急がないと……っ。

春人が駅に向かって走り出そうとした時、どこからか陽向の声が聞こえてきた。

「せんせー！」

声のした方を振り返ると、マンションの駐車場から一台の車が出てきたところだった。後部座席の窓が全開になっており、そこから小さな手のひらと陽向の目から上だけが覗いている。

「陽向くん、保育園いってらっしゃい。僕もお仕事行ってくるね」

じゃあ、と手を振って走り出そうとしたら、再び大声で呼び止められた。

「せんせい、まってー！　パパがのってってって！」

——乗って？

運転席を見やると、苦虫をかみつぶしたような険しい顔をした蓮水が、指で後部座席を示してきた。

「蓮水さん、もしかして送ってくれるんですか？」

まさかと思いつつ車に駆け寄ると、蓮水が苛立ったように「早く乗れ。俺まで仕事に遅れる」とピリピリした口調で告げてきた。

春人は急いで後部座席に乗り込む。

「ありがとうございます。とっても助かります」

「礼なら陽向に言え。先生がかわいそうだって陽向が騒ぐから、乗せてやったんだ」

「だって、せんせいはおいしゃさんだから、とってもいそがしいんでしょ？」

陽向が蓮水に口添えしてくれたらしい。陽向に助けられた。

「ありがとう、陽向くん。すごく助かったよ」

「いいの。ほいくえんはね、九じまでにいけばいいんだから」

保育園は九時から朝の活動が始まるという意味らしいが、蓮水の仕事はどうなのだろうか。

──蓮水さんに迷惑をかけてないといいけど……。

「行き先は、国道沿いにある大学病院で間違いないな？」

「ええ、そうです。よく知ってますね」

大学病院で働いているとは言ってあるが、この付近には春人の勤務先以外にもう一つ、別の大学病院がある。

蓮水家からだともう一つの大学病院の方が近い。

いったいなぜ春人の勤務先を正確に言い当てられたのだろう。

疑問に思っていると、蓮水の口から予想外の言葉が飛び出してきた。

「当たり前だろ。大金を踏み倒されないように、先生の情報を集めた。言っただろう？

俺からは逃げられないって」

「うっ……」

──あれ、本気だったのか……。

三百万円もする指輪を紛失されたのだから当然と言えば当然だが、蓮水は自身の言葉通りに弁償が終わるまで春人を逃がさないよう身元を探ったらしい。

いったいどうやって、と一瞬恐ろしくなったが、そういえばバイトを始める時に、クリニックのホームページのスタッフ紹介コーナーに、顔写真と経歴を載せていいか聞かれたことを思い出した。

自分で確かめたことはなかったから忘れていたが、そのページを見たのだろう。

個人情報の入手経路についての疑問は解消されたが、ちゃんと払うと言ったのに信用されていなかったのかと、少しショックを受けた。

「ちゃんと働いて支払いますから、安心してください」

「どうだかな。最短で二年だ。この生活を二年も続けられるのか？」

「は、はい……」

挑発的に言われ、春人は怯《ひる》んでしまう。

すると会話を聞いていた陽向が、春人の服を引っ張って尋ねてきた。

「ねえ、せんせい。二ねんって、なに？」

「えぇっとね、今、陽向くんは五歳でしょ？　五歳から七歳になるまでの時間のことを二年間って数えるんだよ」

「ふうん。ぼくが七さいになるまで、なにかあるの？」

「そ、それは……」

──陽向くんのいるところでする話じゃなかった。

生々しいお金の話なんて、子供に聞かせたくない。

陽向に嘘はつきたくないが、いくらなんでも正直に「陽向くんのパパに、二年間働いて三百万円を返すんだよ」とは言えない。

どう答えたものかと考えていると、運転中の蓮水が助け船を出してくれた。

「先生が困ってたから、俺が助けてあげたんだ。そのお礼として、二年間、先生が陽向に会いに来てくれることになった。これからは、たくさん先生と会えるようになる」

「せんせいが？　ぼくが七さいになるまで？」

「喘息の発作が起きてもすぐに駆けつけてくれる。俺が仕事で遊んでやれない時も、先生が相手してくれるぞ」

「そうなの⁉」

満面の笑顔を向けられて、春人も頷くしかなかった。

真実は少し違うけれど、大きく間違ったことを言われたわけでもない。

蓮水は陽向が受け入れやすく、また、喜びそうな説明をしてくれた。

「そっかー。だからせんせい、きのうもきょうもおうちにいたんだね。パパにたすけてもらったのかー」

陽向はパパのことが大好きなようで、春人を助けたと言った蓮水を、キラキラした目で見つめている。

なんだか蓮水の株が上がっただけのような気がして、ちょっぴり悔しい。

でも、自分に会えることをこんなに喜んでくれて、素直に嬉しい。

その後も陽向の賑やかな声は途切れることなく、車内の空気を明るくしてくれた。

やがて、蓮水が大学病院の近くで車を停め、春人は礼を言って車から降りる。

「ありがとうございました。おかげさまで遅刻しないですみました」

じゃあ、と言おうとしたところで、蓮水がなぜか運転席から降りてきた。

春人の前に立ち、おもむろにネクタイを引っ張る。

「ふえっ!?」

びっくりして口から変な声が出てしまった。

——な、何!?　まさか、殴……っ。

不穏な気配を察し、反射的にギュッと目を瞑る。

しかし、想像していたような衝撃や痛みが身に降りかかることはなく、代わりに首の締めつけが緩くなる。

「へ……?」

ソロソロと目を開けると、間近に蓮水の整った顔があって、またしてもびっくりしてしまった。

「は、蓮水さん？　何してるんですか？」

蓮水は質問に答えることなく、無言で手を動かし、春人のネクタイを解いて抜き取った。

「あの、ネクタイ、返してください」

「黙ってろ。それと、動くな」

「は、はいっ」

至近距離で鋭い眼光を向けられ、春人は口を噤む。

――何をする気？

蓮水の意図するところがわからずビクビクしていると、彼はポケットから別のネクタイを取り出し、慣れた手つきで春人の首にかけて結んでくれた。

「これは……？」

「俺のを貸してやる。せめてネクタイだけでも変えた方がいいだろう？」

言いながら、春人のポケットに先ほどまで結んでいたネクタイを雑に押し込んでくる。

「あ、ありがとうございます」

ネクタイを貸してくれるのはありがたいが、彼がそこまでしてくれる理由がわからない。

春人が戸惑いながら礼を言うと、蓮水が口角を上げ声量を落として囁《ささや》いた。

「俺は、優しいだろう?」

確かに親切にしてもらったが、蓮水はどう見ても春人を揶揄《からか》って反応を楽しんでいるようにしか見えない。

——うう……。でも、何も言い返せない。

春人は困ってしまって俯く。

「じゃあな、先生。また連絡する。借りがあることを忘れるなよ」

蓮水は最後の一言を強調して告げ、車に戻って行った。

春人が敗北感でいっぱいになっていると、後部座席の窓が開き、陽向が一生懸命手を振ってくれる。

「せんせい、バイバーイ」

陽向の無邪気な笑顔につられ、春人も笑顔で返す。

「バイバイ。陽向くん、いってらっしゃい」

陽向に手を振り返し、彼らが乗った車を見送る。

「さ、僕も行かなきゃ」

病院に向かって足早に歩きながら、ふと蓮水家での出来事を思い返す。

昨日、蓮水から呼び出しがあった時は憂鬱だった。

しかし、彼は不愛想で辛辣《しんらつ》で意地悪だけれど、春人にひどい要求はせず、むしろ手料理まで食べさせて車で送ってくれた。

それに、やや強引だったけれど、こうしてネクタイまで貸してくれて、蓮水の行動だけ見れば、自分の立場では考えられないような待遇を与えてもらっていると思う。

それに何より、陽向の存在が春人の中で大きくなっていた。

陽向がいるから、蓮水に意地悪な態度を取られても落ち込まずにいられる。

――これなら二年間、頑張れるかも。

弁償金の残りは二百九十八万円。

まだ全然減っていないけれど、ダイヤモンドの指輪を失くし三百万円の賠償金を請求された時の絶望感は、いつの間にか薄れている。

日にちが経って気持ちの整理がついたからか、開き直ったからか……。または、弁償金を支払う相手である蓮水が、思ったよりも怖い人ではなさそうだからだろうか。

前向きに地道に返していこうと思えるようになっていた。

「ご飯、美味しかったなぁ」

もしかして、次に行った時もご飯を出してもらえるのだろうか。

厚かましいが、ほんの少し期待してしまう。

「ちょっと楽しみかも」

賠償金の支払いは始まったばかりだけれど、そんなことを呟けるくらいには、気持ちに余裕が出てきていた。


「よし、当直終わり」

春人は寝不足で充血ぎみの瞳を瞬かせる。

昨日、いつもと同じく朝八時前に出勤し、通常業務を行った後、そのまま小児科病棟の当直に入った。

入院している患者さんの容体が急変し呼び出されて、病棟に行って診察を行うこともあったが、特に大きなトラブルもなく朝を迎え、午前中の外来を担当して勤務を終えた。

――少し寝てから蓮水さんのところに行こう。

当直明けの日は来なくてもいいと言われているが、夕方まで仮眠してから向かえば大丈夫だろう。

そう思って今日も夜七時に行く約束をしている。

春人は寝不足でぼんやりしながら帰り支度を済ませ、病院の外に出た。

「んー、さすがに疲れた……。それにあっつい。もうすぐ八月だもんな」

頭上にある太陽は一年で一番力強く存在を主張し、耳を澄まさなくとも蝉の大合唱が聞こえてくる。

――コンビニで何か食べるもの買って帰ろうかな。

やや空腹を感じてそう思ったが、夜のことを考えてやめておくことにした。

――夕ご飯、きっと用意してくれてるだろうし……。

春人が指輪の弁償のために蓮水家に通うようになって、一ヵ月が過ぎた。

当初は不安でいっぱいだったが、蓮水は息子の食事を作るついでだと言って、春人が訪れる日には毎回夕食をごちそうしてくれる。

蓮水家での春人の仕事は、陽向と一緒に夕食を食べることと寝かしつけで、時間に余裕がある時は絵本を読んだりお話ししたり、時にはお絵描きをして遊ぶこともある。

蓮水は春人が来ている間はほとんど書斎から出てくることはなく、それもあって変に緊張せずに通えている。

――今日は何かな？　一昨日はパスタだったから、今日も麺類ってことはないか。

和食か洋食か、それとも中華だろうか？

疲れた身体を鼓舞《こぶ》するように、夕食のメニューのことを考えながら駅までの道のりを歩く。

春人が商店街を歩いていると、昔ながらの八百屋が目に入った。

──すごい立派なスイカだ。

店頭に置かれているスイカが目に飛び込んできて、吸い寄せられるようにフラフラと八百屋へ近づく。

そしてハッと気がついた時には代金を払い終え、大玉スイカを両手で抱えていた。

「しまった、寝不足と疲れと暑さで、判断力が鈍ってた」

スイカはとても重く、どうしてこんなものを買ってしまったのかと後悔する。

スイカは嫌いではないが、特別好きでもない。

それなのになぜ買ったのか、と考え、前々回、蓮水家を訪れた時の陽向との会話を思い出した。

あれは確か、二人で夏の定番特集というテレビを見ていた時だ。

テレビにスイカ割りをしている人の様子が映し出された時に、陽向がポツリと呟いた。

「ぼくね、スイカ、われなかった……」と。

あまりにも悲しそうな顔で言うものだから気になってしまい、よく話を聞いてみると、たまたまその日に保育園でスイカ割りをしたらしい。

楽しかったそうだが、陽向が振り下ろした棒はスイカに当たったはずなのに、ヒビ一つ入っていなかったそうで、それが悲しかったのだと打ち明けてくれた。

皆で順番にスイカ割りをしたのに、なんと誰もスイカを割れず、それもまたがっかりしてしまったという。

おそらくスイカを節約するために、柔らかい棒を園児に持たせたのだろう。

行事の予算の都合上、仕方ないことだとは思うが、陽向の上手に割れなくて悲しかったという気持ちも理解出来る。

だから春人は陽向を元気づけたくて、「スイカ見つけたら、買ってきてあげる。そしたらまたスイカ割りしよう」と約束したのだ。

こんな大きなスイカでスイカ割りが出来るとなれば、陽向はとても喜ぶだろう。

大喜びで飛び跳ねる陽向の姿が目に浮かぶようだ。

――でも、だからって、何も当直明けに買うことはなかったよな。

ずっしりと重いスイカを抱えていては、電車にも乗るのは大変だ。うっかり落として割れてしまったら大惨事になる。最悪、人に怪我をさせてしまうかもしれない。

「結局タクシーで帰らないといけなくなっちゃった」

節約のために電車で帰ろうと頑張ってここまで歩いてきたのに、スイカのおかげでタクシーしか選択肢がなくなってしまった。

加えて、春人のアパートから蓮水家への移動も、タクシーを使わなくてはいけなくなった。

「スイカ高かったし、タクシー代も痛い」

でも、これで陽向が喜んでくれるのなら、後悔はない。

春人はスイカを足元に置いて、手を挙げてタクシーを掴まえる。

冷房の効いた車内に乗り込みホッと息をつきながら、スイカを大事に膝の上で抱きかかえた。

——早く見せたいな。

スイカを見せた時の陽向の顔を思い浮かべ、いつしか春人の顔はほころんでいた。

蓮水のマンションに着いた春人は、出迎えてくれた陽向にスイカを差し出した。

「せんせい、これ……」

「この前約束したからね。今日お仕事の帰り道で見かけて、買ってきたんだ」

「すごいすごい！　ほいくえんのスイカより、おっきい！」

予想通り陽向は立派なスイカに大喜びで、苦労してここまで運んで来た苦労も報《むく》われる。

事情を知らない蓮水が訝《いぶか》しそうな顔をしていたので、春人はスイカを買うに至った経緯をかいつまんで話した。

「陽向くんとスイカ割りしようって約束したんです。さっそくスイカ割りしましょう」

陽向がこんなにも喜んでいるのだから、きっと蓮水もすぐに頷いてくれるはず。

そう思ったのだが、蓮水は難しい顔で首を左右に振った。

「どこでだ？　言っておくが、この部屋でスイカ割りなんてしたら、近所迷惑になる」

「あ、そっか。じゃあベランダで……」

「うちにはベランダやバルコニーはない」

――そ、そんな……。

スイカさえ用意すればいいと思っていたので、場所のことまで頭が回っていなかった。

「せんせい、パパ、スイカわりできないの？」

「今日は無理だな。また今度、保育園が休みの時に公園かどこかでやろう」

「……ん」

陽向は頷いてくれたものの、ひどく落胆《らくたん》しているようだった。

自分のリサーチ不足で、ぬか喜びさせてしまったことが心苦しくなる。

――陽向くんを楽しませてあげたいと思ったのに、正反対のことをしちゃってる。

自分の考えが浅かったことを反省しつつ、ふとあることを閃いた。

普段だったらこんなお願い、蓮水に出来ない。

でも今日は完全に自分のミスで陽向を悲しませてしまったから、わずかな希望があるのならそれに賭けたかった。

春人はゴクリと唾を飲み込み、蓮水の前に進み出る。

「蓮水さん、あの、近くに公園がありますよね？　今から行きませんか？　そこでスイカ割りをしましょう」

「もう七時だぞ？　外もずいぶん暗くなった。今やらなくてもいいだろう？」

蓮水の言っていることはわかる。

陽向を夜出歩かせたくないのだろうし、彼にもまだ仕事が残っているのかもしれない。

蓮水の言う通り、次の休みにスイカ割りするのがベストだ。

だが、陽向は今スイカ割りをしたがっている。

「お願いですっ。あの、今日の分のシッター代はいらないので、僕の我がままにつき合ってもらえませんか？」

春人は頭を下げて頼み込む。

陽向も泣きそうな顔で蓮水を見上げていた。

「……まったく、どうして今日なんだ」

吐き捨てるようにそう言いながらも、「仕方ないな」と言ってくれた。

二人がかりで懇願され、蓮水も折れるしかなかったようだ。

「ただし、場所は俺に決めさせてもらう」

「ありがとうございますっ。スイカ割りが出来るところなら、どこでもいいです」

「パパ、ありがとーっ」

足に抱き着いた陽向を抱き上げ、蓮水はそのまま玄関を出て地下の駐車場へ向かう。春人はその後ろを、重たいスイカを抱えついて行く。

蓮水の車に乗り込み、さあ出発だというところで、スイカ以外何も持って来ていないことに気づいた。

「あっ、スイカ割りなのに、何も用意してなかった……」

「途中で店に寄って買っていくつもりだ」

蓮水の口ぶりから、「今さら気づいたのか？」と呆れられている気がする。

——いくら当直明けで寝不足だからって、スイカしか用意してないなんて……。

うっかりにもほどがある。

蓮水の運転で車を走らせ、大きなホームセンターに立ち寄った。そこでスイカ割りに必要なものを一揃い購入する。

春人が買い物を済ませて戻ると、蓮水は車を走らせ、丘の上にある小さな公園の駐車場で停車した。

「こんなところに公園があったんですね。陽向くんとよく来るんですか？」

「……いや、陽向がもっと小さな頃に来たきりだ」

蓮水はどこか歯切れの悪い口調で告げてきて、これは聞いてはいけない質問だったのではと悟る。

陽向が小さい頃というと、もしかして蓮水の妻も一緒に親子三人で訪れたことのある思い出の場所なのではないだろうか。

――父子家庭ってカルテには書いてあったけど、奥さんはどうしたのかな？

離婚したのか、または死別か。

蓮水がシングルファザーになった経緯は陽向の喘息治療には直接関係がないため、カルテには記載されていない。

正直に言うと、これまで蓮水の妻のことはあまり意識していなかった。

蓮水のことすら、以前は患者さんの父親としか認識しておらず、陽向の生育環境が劣悪でなければそれでよかったのだ。

それなのに、どうして今になって急に、蓮水が独り身になった理由が気になって仕方ないのだろう。

——だって、あんな顔、見たことない。

蓮水は春人の前ではいつも不愛想で、息子の前でだけ優しい笑顔を見せる。

その二つの顔しか見たことがなかったから、たった一瞬、込み上げてくる悲しみを必死に抑えているかのような翳《かげ》りを帯びた表情を目にし、その理由を知りたくなってしまった。

だが、赤の他人である自分が蓮水の過去を気軽に尋ねていいわけがない。きっととても繊細な話題だとわかるからこそ、自分なんかが興味本位に聞けるわけがなかった。

自分が今すべきことは、思い切りスイカ割りを盛り上げることだろう。

春人は気を取り直し、蓮水に告げる。

「準備が終わるまで、陽向くんと少し待っててください」

街灯の近くへ移動し、買ったばかりのレジャーシートを広げてスイカを置き、目隠し用のタオルを取り出す。

準備と言ってもこれだけで、五分もかからずに終わった。

「よし、出来た。じゃあ陽向くん、さっそくスイカ割りを……」

「いや、もう少し待て」

「え？　どうしてですか？」

「八時になったんだ」

「八時に何か……、うわっ⁉」

春人の声をかき消すように、突然、ドーンと大きな音が夜空に響き渡った。

「え、何？　なんの音？」

春人が狼狽えていると、陽向を抱いた蓮水に腕を引っ張られた。

「こっちだ。見ろ」

「見ろって、何を……」

その質問の答えはすぐにわかった。

ここから少し離れたところにある河川敷で、打ち上げ花火が上がったのだ。

軽快な音と共に空へと真っ直ぐ昇っていき、夜空にパッと大輪の花を咲かせる。

打ち上げ地点から離れているから、近くで見るよりも迫力は半減しているが、この公園は静かに花火を楽しむのに絶好のスポットだった。

「今日は花火大会だったんですね」

「俺も忘れていたんだが、保育園から帰ってきた陽向が、今日は花火大会だって言ってきたんだ。それで、この場所を思い出した」

——だから、スイカ割りはまた今度って言ってたのか。

そういえば、今日は珍しく陽向がパジャマ姿じゃなかった。

いつもは春人が訪れる前に風呂をすませているのに。

それに蓮水もスーツ姿ではなく、シャツにサマージャケットを羽織ったカジュアルな服装をしていた。

「花火を見に行く予定なんだって言ってくれれば、スイカ割りは別の日にしたのに」

花火の音にかき消される程度の声量で呟いた独り言が、耳聡《ざと》い蓮水に聞こえてしまったようだ。

「初めてだったからな、先生から頼み事をされたのは」

——僕が頼んだから？

確かにこれまで立場的に、蓮水に何かお願いしたことはない。

でも、スイカ割りは陽向のためにどうしてもさせてあげたくて、しつこく頼み込んでしまった。陽向のためでなければ、三百万弱の弁償をしなくてはならない相手に、頼み事なんて出来ない。

「まさか、初めての頼み事が『スイカ割りがしたい』だとは思わなかったけどな。まあ、結果的にこうして花火も見られたし、スイカ割りも出来る」

蓮水は陽向に向けるのと同じ、優しい眼差しで春人を見つめてくる。

――なんで……。

どうしてそんな顔で自分を見るのだろうか。

花火が見られて嬉しいから？

だから機嫌がいいだけ？

――そういえば手、掴まれたままだ。

もうどこで花火が上がっているかわかっている。

この公園には春人たちの他に人はおらず、迷子になるような心配もない。

いつまでも春人を掴まえている必要はないのに、なぜか蓮水は手を離さなかった。

それに、先ほどからいくつも花火が上がっているのに、蓮水は春人から目を逸らさない。

普段は鋭い瞳を向けられることが多いが、今は眉間に皺を刻むことなく、穏やかな顔をしている。

――あれ……？

その時、記憶の中に引っ掛かりを覚えた。

どこかで見た気がする。

今と同じ、優しい表情をした蓮水を……。

蓮水親子とは往診を通して知り合ったと思っていたが、もしかして過去に別の場所で会
――どこかで会ったことがある？

っていたのだろうか。

蓮水に確認しようと口を開きかけた時、彼の顔が急にいつもの揶揄《からか》いを含んだものへと
変化した。

「どうした？　今日はやけに見つめてくるな。いつもは小動物みたいに怯えているのに」

「い、いえ、別に見つめていたわけじゃあ……。あの、手、離してください」

気になったことがあったから見ていただけだ。

それを説明したいのに、そんな言い方をされたら自分がおかしなことをしているような
気持ちになってきた。

疚《やま》しいことは何もないのに、変に焦って手を引こうとすると、反対に強く引っ張られて
しまう。

「え、わっ」

態勢を崩し、咄嗟に蓮水の胸に手をつく。

慌てて離れようとすると、蓮水が耳元でひっそり囁いた。

「そんなに怖がらなくても、取って食いはしない」

「っ!?」

蓮水を見上げると、とても愉快そうに微笑んでいる。

春人を揶揄って遊んでいるのだと悟ったが、こんなに楽しそうに笑う蓮水は初めてで、目を奪われていた。

――いつもこういう顔をしていたらいいのに。

無意識に心中で呟いてしまい、蓮水のことを意識している自分に気づき、顔が真っ赤になる。

顔だけでなく、全身が熱を帯びたように熱い。

どうして蓮水に笑顔を向けられただけで、こんな反応をしてしまうのか。

原因は不明だが、早く離れないとまた蓮水に意地悪なことを言われそうな気がして、スッと顔を俯ける。

「おい、下を向いていたら、花火が見えないだろ?」

「……いえ、今はちょっと無理です」

「何が無理なんだ？　せっかく連れて来てやったんだから、ちゃんと見ろ。小さい花火大会だから、十五分しか花火が上がらないんだ」

さっきは揶揄ってきたのに、今は蓮水の声が優しさを帯びているように感じる。

駄々《だだ》をこねる子供をあやすような声。

今日の蓮水はいつもと違う。

いや、違うのは自分の方か？

蓮水を直視出来ない。

怖いからでも遠慮しているからでもなく、彼を見ていると落ち着かない気持ちになる。

——とりあえず、手を離してほしい。

なんだかんだでまだ手首を掴まれたままだ。

せめて少し離れられれば、気持ちも落ち着く気がする。

春人がもう一度手を離すようお願いしようとした時、花火に見入っていた陽向が声を上げた。

「パパ、十五ふんって、どのくらい？　もう終わっちゃう？」

「十五分は九百秒だ。今五分経ったくらいだから、あと六百秒残ってる」

「あと六百かあ。たくさんだね！」

陽向がそう言うと同時に、花火が連続して上がった。

その音に驚いたのか、小さな身体がビクンと跳ねる。

蓮水は春人の手を離し、陽向を抱き直す。

「パパ、はなびたくさんだね！」

「そうだな、夏にしか見られないから、よく見ておくんだぞ」

息子を腕に抱き、花火を見上げる蓮水の横顔を、春人はこっそり盗み見る。

彼の顔はもう、父親のそれになっていた。

当たり前のことなのに、それを少し寂しいと思ってしまう。

——どうして、そんなことを？

やっぱり今日はおかしい。

当直明けだからテンションがおかしくなっているのだろうか。

春人は花火を眺めながらそう結論づける。

やがて、きっちり十五分で花火が終わり、次は陽向お待ちかねのスイカ割りの時間だ。

「スイカわり〜！　ぼく、わるからね、パパみててね！」

陽向のはしゃいだ声が、静かな公園に響く。

「見てるから、思い切り叩くんだぞ」

「うん！」

　蓮水は抱えていた陽向をスイカから三メートル離れた位置で降ろした。

　春人がタオルで目隠しをしてやり、棒を持った陽向に声をかけ、スイカのところまで誘導する。

「もうちょっとこっち、もう少しっ。そう、そこでストップ！　思い切り棒を振り下ろしていいよ」

「いくよー！　せーのっ！」

　振り下ろした棒は見事に命中し、スイカが綺麗に割れた。

　音と感触でわかったらしく、陽向が目隠しをずらしてスイカを確認する。

「やったー！　われたー！」

　陽向は飛び跳ねて喜び、興奮気味に蓮水に飛びつく。

「パパ、スイカわれたよ！」

「ああ、すごいな」

　父親に褒められて、陽向はいっそう嬉しそうに笑う。

「格好よかったよ、陽向くん。おかげでスイカが食べられる」

　割れたスイカの欠片に手を伸ばすと、蓮水が待ったをかけてくる。

「待て。ここで食べずに持ち帰ろう。陽向を寝かせないといけない」

蓮水が帰宅を促すと、陽向は思い切り不満そうな顔をする。

「え～っ、ちょっとたべたい！」

「冷蔵庫で冷やしてから食べた方が美味いぞ？」

陽向は渋々納得し、持っていた棒を蓮水に渡した。

蓮水がこちらを振り返り、そこでフッと小さく噴き出す。

「え、なんですか？」

「先生まで残念そうな顔をするな。陽向より食い意地張ってるじゃないか」

「張ってません」

「そうか？　あからさまにがっかりした顔してたけどな」

笑いのツボに入ったのか、蓮水は肩を震わせ声を押し殺しながら笑っている。

大人なのに子供じみた反応をしたのが恥ずかしくなり、春人はさっさと片づけを始めた。

食べられそうなスイカの欠片をより分けていると、陽向が心配そうな顔で近寄って来る。

「せんせい、スイカすてないでね？　スイカわりしたあとでも、たべられるから」

「大丈夫、捨てないよ。僕も食べたいし」

春人の言葉に陽向がホッと胸を撫で下ろす。

「きょうたべられる？」

「うーん、冷蔵庫に入れても、すぐには冷えないからなぁ。明日の朝、パパと一緒に食べてね。僕はまた別の日に食べるから」

「せんせいといっしょに、たべたかったのに」

陽向は残念そうに呟いたが、すぐに瞳を輝かせ、弾んだ声で提案してきた。

「せんせい、おとまりすれば？」

「お泊りは、ちょっと……」

「どうして？　まえはとまったのに。またぼくのベッドでねていいよ？」

陽向は純粋な好意から言ってくれているのだろうが、自分は蓮水家に気軽に泊まっていい間柄の人間ではない。

「お泊りは出来ないかな。突然だと、蓮水さんにご迷惑かけちゃうかもしれないし」

「えーっ。パパ、せんせいがおとまりするの、ダメ？」

きっと蓮水が上手いこと陽向を諦めさせてくれるだろう。

そう思って油断していたから、蓮水の思わぬ言葉が聞こえてきてびっくりしてしまった。

「別にかまわない」

「ほんと!?　せんせい、パパがおとまりしていいって！」

陽向は大喜びしているが、春人はまさかの展開にすぐに反応出来ない。

春人が呆然としている間に、蓮水は手早く荷物を車に積み込み、陽向をチャイルドシートに乗せた。

「先生も早く乗れ」

「あ、はいっ」

陽向の隣に座っても、春人はまだ頭の中が混乱していた。

――今日、本当に泊まるの？

明日は大学病院は休みだが、代わりに昼から夕方までクリニックのバイトを入れている。当直明けだし、出来れば自宅に帰ってゆっくり寝たい。

しかし、喜んでいる陽向に、今さらやっぱり帰るとは言いづらかった。

――蓮水さんに明日バイトがあるからって言えば、陽向くんをなだめてくれるかな？

蓮水家に泊まるべきか、それとも泊まらない方がいいのか。

ふと横を見ると、いつの間に寝たのか陽向が寝息を立てている。

夕方まで保育園で元気には過ごし、夜には花火大会を見てスイカ割りまで楽しんだから、さすがに体力が尽きてしまったようだ。

気持ちよさそうに眠る陽向を見ていたらあくびを誘われ、春人の瞼《まぶた》も徐々に重くなってくる。

起きていないと、と抵抗を試みたが大した効果はなく、春人は蓮水の運転する車の中で眠りに落ちていった。

春人は青く澄んだ湖の上に仰向けでプカプカ浮かび、その心地よさにうっとりと目を閉じる。

ところがその直後、突然、湖に波が立ち、春人の身体が不安定にユラユラ揺れた。

——お、溺れるっ。

慌ててフッと目を開け、自分が室内にいることを認識し、ほうっと息を吐く。

「……夢か」

まだ覚醒《かくせい》しきらない頭で、今日の勤務がなんだったか思い出そうと記憶をたどる。

——昨日は当直明けだったから、今日は休みだ。

バイトも昼からだし、もう一度寝直そう。

二度寝しようと肌触りのいいブランケットを手繰り寄せる。

するとその時、低い男の声が近くから聞こえてきた。

「まだ早い。もう少し寝ていればいい」

「……………えっ!?」

——誰!?

ブランケットを跳ね除け、飛び起きると、ベッドサイドに立ち、眉間に皺《しわ》を刻みながらこちらを見下ろす蓮水と目が合った。

「は、蓮水さんっ?」

「声が大きい。陽向が起きる」

ジロリと睨まれ、春人は慌てて口を押さえる。

蓮水は春人が飛び起きた拍子に剥がれたブランケットを陽向に掛け直し、部屋を出て行った。

——ここ、蓮水さんの家?

どうして自分はここにいるのだろう。

昨夜は確か、花火を見てスイカ割りをして、蓮水の車で帰って……いる途中で記憶が途切れていた。

——また寝ちゃったんだ。

それにしても、車からここまでどうやって移動したのだろう。

まさか、蓮水が抱えて連れてきてくれたのか？

そのシーンを思い浮かべ、申し訳ないし恥ずかしいしで、またブランケットにもぐり込みたくなった。

とにかく、蓮水に謝らなければ。

以前もなし崩し的に泊めてもらったことがあるが、あの時より今回の方が手間をかけてしまっている。

春人はまだスヤスヤ眠っている陽向を起こさないよう、慎重にベッドから抜け出す。

「ここは蓮水さんの寝室？」

蓮水の仕事部屋である書斎には入ったことがあるが、この部屋には見覚えがない。

寝るためだけの部屋らしく、大きなベッドとサイドテーブルの他は、家具らしい家具は置かれていなかった。

——陽向くんのベッドは狭いから、ここで寝かせてくれたのかな。

では、蓮水はどこで寝たのだろう？

先ほど、ベッドの微かな振動で春人は目を覚ましたが、あれは蓮水がベッドから出た際の揺れだった？

ということは、つまり……。

──陽向くんを真ん中に、三人で一つのベッドで寝てた!?

ダブルサイズよりも大きいベッドだから、大人二人と幼児一人で寝ても窮屈ではない。全員同性なのだから、その点も問題はないだろう。

それに、そこら辺の床に転がされていたわけでも、リビングのソファでもなく、きちんとベッドに寝かせてくれたことに感謝しないといけない。

けれど、春人は今、激しく動揺していた。

その理由は、ここが患者さんの家だからとか、自分たちが友人ですらない関係だとか、自分が蓮水に弁償金を支払わなければいけない負い目があるとか、そういった立場的なものだけではない気がする。

もっと別の、感情的な部分で気持ちがザワザワしていた。

──男同士で一緒に寝たからって、なんでもないことなのに……。

これまでも学生時代に友達の家に泊めてもらったことはあったが、隣で眠ってもなんとも思わなかった。

こんなに落ち着かない気持ちになるのは、相手が蓮水だからだと思う。

でも、ソワソワしてしまうのは、失態を犯したことで蓮水に叱責されるのを恐れているからではない気がする。

彼が何もしなくとも、自分が勝手に意識してしまっているのだ。

それは昨夜、花火を見ていた時の蓮水がいつもと雰囲気が違っていたからだろうか。柔らかい眼差しを向けられ、普段よりも自然に言葉を交わせたから、だから調子を狂わされて戸惑っている？

それが原因のようで、そうでないような気もする。

自分のことなのに、考えてもよくわからなかった。

――いやいや、今はそんなことより、早く謝らないと。

春人は胸に渦巻くモヤモヤとしたものを払拭するかのように、頭を左右に振った。

蓮水家に泊めてもらったのは、今回で二回目。

居眠りして図々しく泊めてもらって、とても迷惑をかけている。

それにしても、二回とも熟睡してしまうなんて、自分には学習能力がないのだろうか。

ひとまず蓮水を探そうとドアノブに手を伸ばしたところで、突然、触れてもいないドアが開け放たれた。

「わっ」

びっくりして声を上げると、蓮水が口元に指を当て「静かにしろ」と伝えてくる。

二人で同時にベッドを振り返り陽向の様子を窺うと、まだスヤスヤと眠っていた。

――よかった、起こしてない。

ホッとして蓮水に向き直り、そこで彼の格好を認識して硬直する。

蓮水はシャワーを浴びてきたようで、腰にタオルを巻いただけの姿だったのだ。

「はすっ……っ」

蓮水さん!? と口から出そうになり、慌てて飲み込む。

男の裸なんて、これまで何度も見てきた。男の人の身体をわざわざ見たいと思ったことはないし、温泉で目にしても何も感じなかった。

同性の身体には少しも興味がなかったのに、蓮水の髪からこぼれた水滴が、首筋を通って胸元を滑り落ちていく様を見、春人は不自然に目を逸らしてしまう。

――やっぱり色気のある人だな……。

彼は五歳年上なだけだったと思うが、自分にはない大人の色香を纏《まと》っている。

二十代と三十代の違いなのか?

いや、自分が二年後に三十歳になったとして、こんな風に同性をもドキドキさせるような雰囲気を持つ大人の男になれるとは思えない。

さっさと服を着てほしいのに、それを口に出すのも変に思われる気がして、春人は赤面した顔を見られないように片手で覆う。

「おい、顔が赤くないか？」

おもむろに顎を取られ、無理やり上向かされる。

「ひっ」

まさかそんな行動に出るとは思わず、小さな悲鳴を上げてしまった。

蓮水はそれが気に入らなかったようで、ムッと口を引き結び手を引っ込める。

「か、顔を洗ってきます。洗面所お借りしますね」

一気に不機嫌なオーラが漂い始め、いたたまれなくなった春人はその場から逃げるように廊下に出た。

洗面所のドアを開け、熱を冷ますために水を顔にかける。

タオルで乱暴に顔を拭い、鏡に映った自分がいつもと変わらない顔色に戻ったことを確かめ、ホッと息を吐き出した。

「何をやってるんだろ」

春人は気持ちを切り替え、意を決してリビングへ向かった。

蓮水はまだ身支度中のようで、広いリビングに彼の姿はない。

キッチンも使われた形跡はなく、朝食の支度もこれからみたいだった。

いつもは蓮水にご馳走になってばかりだから、たまには食事の準備を手伝おう。

春人はふと閃き、とりあえずキッチンに立ってみる。

だが、食材を確かめるためとはいえ家主の許可なく冷蔵庫を開けることははばかられ、結局なんの準備も出来ずにキッチンを右往左往していた。

「せんせー、おはよー！」

すると突如、元気いっぱいの挨拶と共に陽向に背後から突進され、春人はバランスを崩しそうになった。

「お、おはよう、陽向くん」

振り返ると、足にギュッと抱き着き笑顔を見せる陽向と、スーツに着替え髪をセットした蓮水の姿が目に入る。

「せんせい、スイカは？」

「あ、そういえばどこにあるのかな？」

「冷蔵庫で冷やしておいた」

蓮水は不機嫌でも上機嫌でもない、平素の時と同じ声のトーンで答えた。

春人もさっきの出来事を思い出さないように意識しながら、蓮水に声をかける。

「じゃあ、スイカ切ってもいいですか？」

「切れるのか？」

「切れますよ、スイカくらい。たまにはお手伝いさせてください」

そうして並んでキッチンに立ち、朝食は蓮水が、デザートのスイカを春人が用意していると、陽向もお手伝いをしたくなったらしい。

キッチンの様子を窺っている陽向に気づいた蓮水が、出来上がった料理を皿に盛りつける仕事を頼んだ。

今朝はだし巻き卵とナスのおひたし、焼きおにぎり、ほうれん草とあぶらあげの味噌汁。いつもながら、朝からしっかり料理を作る蓮水に感心する。

「パパー、これでいい？」

「ああ、上出来だ。手伝ってくれて助かった」

「ほかにも、おてつだいすることあったら、いってね」

「じゃあ、料理をテーブルに運んでくれるか？」

「うん！」

父親から頼られて嬉しいらしく、陽向は張り切って自分で盛りつけた皿をダイニングテーブルに運んでいく。

一度に一皿ずつしか運べないから何度もキッチンとテーブルを往復し、最後に春人が切ったスイカも運んでくれた。

全ての料理をテーブルに並べ終わり、三人は席につく。

「わあ、陽向くん、綺麗に盛りつけたね」

「そう？」

「ああ。料理を運ぶのも上手かった。手伝いありがとう」

「えへへー」

陽向は二人から褒められてとても上機嫌だ。

いただきますをして蓮水の作った料理を口に運び、最後によく冷えたスイカに齧りつく。

「ん！　あまくておいしい！」

「僕もスイカいただきます。……あ、本当だ、甘い」

大きなスイカだったから味はあまり期待していなかったが、当たりのスイカだったようでちゃんと甘くて美味しかった。

陽向も喜んでくれ、パクパクと食べていたが、最後の一切れをなぜか残して蓮水にこう言った。

「パパ、ママにもスイカあげてきていい？」

「ああ。だが、それは陽向が食べていい。まだ残っているから、それを持って行ってくれ」

「うん！」

蓮水はキッチンへ行き、余っていたスイカを小さく切って小皿に乗せ、陽向に渡す。

陽向は皿を持ってリビングの続きの部屋へ入って行った。

——あの部屋は……。

春人は以前、蓮水から言われた言葉を思い出した。

あれは蓮水家に出入りするようになってすぐの頃だ。

書斎と、リビングの続き部屋に当たる和室には、入らないよう忠告された。

どちらの部屋も常にドアが閉められていたため、和室の中がどうなっているか見たことはなかったが、陽向が「ママに」とスイカを持って行ったことから、そこに何があるか悟ってしまった。

——蓮水さんの奥さんは、もうすでに……。

陽向が仏壇にスイカをお供えする姿を想像し、胸が痛んだ。

すると、蓮水が急に手を止め俯いた春人を見咎め、話しかけてきた。

「やっぱり具合が悪いんじゃないのか？」

「え？」

「陽向が席を外した途端、暗い顔をしてるじゃないか。陽向を心配させないよう、無理してたんじゃないのか？　今朝も赤い顔をしていただろ？」

表情の変化を悟られてしまったが、蓮水は体調不良を疑っただけみたいだ。

「ええっと、当直の疲れが抜けきっていなくて」

嘘の中に真実を混ぜて説明したが、それが余計に蓮水に気を使わせてしまったようだ。

「当直っていうのは、そんなにきついものなのか？」

「日によりますけど、単純に勤務時間が長いので。でも、当直明けは午前の外来が終わったら帰れるし、次の日も休みなので、実質一日半のお休みがもらえますから」

「だが、今日もバイトを入れてるんだろう？」

「半日だけですよ」

当直は先輩たちもやっているし、バイトも早く奨学金を返したくて自分でシフトを入れてもらった。この勤務形態に不満はない。

春人は本心から平気だと伝えたが、蓮水はなぜかそれきり黙り込んでしまった。

全員の食事が終わり、春人は後片づけを一手に引き受けることにした。

今日は土曜日だが、蓮水は仕事があり、そのため陽向は土曜保育を頼んでいるのだという。春人が丸一日休みだったら一緒に過ごしてあげたいところだが、生憎《あいにく》バイトを入れている。

せめて時間に余裕のある春人が片づけを引き受ければ、陽向の登園準備をゆっくり出来るだろう。

　春人が食器を洗っていると、陽向の歯磨きを手伝っていたはずの蓮水がキッチンに顔を出した。

「手伝おうか？」

「大丈夫です、もう終わりますから。陽向くんは？」

「今日は自分で保育園に持っていくものを用意すると言って、部屋で着替えやらをリュックに詰めてる」

　どうやら先ほどのお手伝いがきっかけとなり、自立心が芽生え始めたようだ。

「そうなんですね。可愛いなあ」

　一生懸命、保育園に行く準備をする姿を想像して、口元がほころぶ。

　春人がふふ、とひっそりと笑い声を漏らすと、急に手首を握られた。

　びっくりして硬直し、手に持っていた皿を危うく落としそうになる。

「は、蓮水さん？」

「昨日も思ったが、ちゃんと食べてるのか？」

「え、はい」

「ならどうしてこんなに細いんだ。こんなんじゃあ身体がもたないだろ？」

体型を指摘されて、小柄なことを密《ひそ》かに気にしている春人はムッとしてしまった。

「蓮水さんには関係ないでしょう?」

「いいや、関係ある。倒れられたら、さすがに気分が悪い。仕事ばかりしてないで、ちゃんと休みも取れ」

つまり、弁償金を支払うために無理に仕事を入れて、身体を壊されたら後味が悪いと言いたいらしい。

だが、そもそも蓮水から言い出したのだ。バイトがない日はなるべく蓮水家に来るようにと。そうしないと弁償が終わるまでに時間がかかり過ぎると……。

「でも、無理してでも仕事を入れないと、弁償が終わらないですし」

つい言い返したら、蓮水は意外にもショックを受けたように言葉を詰まらせた。

「……俺のせいなのか?」

「あ、いえ、そういうわけでは……。元々は僕が悪いんですから」

蓮水を責めるつもりはない。

それどころか、弁償金を分割払いにしてもらってるし、シッターという仕事まで用意してくれて、早く支払いを終えられるよう考えてくれている。

蓮水が悪いのではなく、全部自分が悪いのだ。

それなのに、蓮水を責めるような言い方をしてしまったことを反省する。

「……すみません、やっぱり少し疲れてるみたいです」

自分では自覚していなかったが、実は無理していたのかもしれない。

決して陽向のシッターをするのが嫌なわけではない。むしろ、疲れていても陽向の顔を見ると元気をもらえる。

春人がおずおずとそれらを伝えると、蓮水が表情を引き締め「話がある」と言ってきた。

「単刀直入に言う。ここに引っ越して来い」

「は、はぁっ？」

予想外すぎる話に、声が裏返ってしまった。

——蓮水さんの家に引っ越す？　僕が？　なんで？

いったいなぜそんな話をしてきたのか、理由がわからない。

「ど、どうしてですか？」

戸惑う春人を見て、蓮水は不機嫌そうな顔つきになった。

「このままだと弁償が終わるまでに二年かかる。二年間もこの生活を続ける気か？」

「だって、それしか弁償する方法がないですし」

「俺は早く支払いを終わらせてほしいんだ。ならいっそのこと、ここで住み込みで働けば、今より陽向の面倒を見る時間が増えるだろう？　シッター代を稼ぎやすくなるから、早く支払いを終えられるはずだ」

弁償金のことを持ち出されると、断ることが出来なくなってしまう。

それでも春人がなかなか承諾しないでいると、蓮水がさらに言葉を重ねる。

「何も一生ここに住めと言っているわけじゃない。弁償金を支払い終わるまでの間の話だ。俺も先生がここに住んでくれた方が、監視しやすいしな」

ニヤリと人の悪い笑みを浮かべながらつけ足されて、春人はまだ信用されていなかったのかと少し傷ついた。

弁償金を支払い終わらないうちに、逃げようなんて考えていない。

だが、蓮水が不安に思っているのなら、彼を安心させるためにもすぐ近くにいた方がいいのかもしれない。

でも、患者さんの家に住み込むというのは……。

春人が迷いを顔に出すと、蓮水が突然、声を潜めひっそりと呟いた。

「……優しくされたいんだったな」

「え？」

「先生の身体が心配だから、ここに引っ越して来てほしい。……そう言えば、一緒に暮らしてくれるか？」

本当に心配しているような表情で懇願され、心臓がドキリと跳ねる。

同居を承諾させるための演技だとわかっていても、揶揄いを含んだ声音ではなく真剣な口調で言われ、春人は反射的に頷いていた。

「は、はい、わかりました」

春人が頷いたことを確かめ、蓮水は一瞬だけホッとした顔をした後、いつものように淡々と決定事項を告げる。

「決まりだな。午前中に荷物をまとめろ。一つ空き部屋があるから、そこを使え。寝具やらは今日中に届くように手配しておく」

やや強引に蓮水が話をまとめたところで、保育園の準備を終えた陽向がやってきた。

必要なものが全部入っているか最終確認する蓮水を見やりながら、春人は大きなため息をこぼしてしまった。

――蓮水さんの作戦に、まんまと引っかかっちゃったな。

優しくされると弱いと見抜かれ、あえてあんな言い方をしてきたのだろう。

――僕って、単純だなあ。

一瞬、わずかでも本音が混ざっているのでは、と思ってしまった。

そんなはずはないのに。

自分は蓮水に迷惑ばかりかけていて、たいして役に立っていない。シッターとして雇われたが、ただ陽向とのんびりしているだけでプロのシッターよりも多い給料をもらっている。

それに、毎回食事まで出してもらって、春人はありがたいが蓮水の手間は増えてしまっているだろう。

それでも春人を家に招き入れてくれるのは、きっと弁償金を早く回収するためであり、喘息を持つ陽向が安全に暮らせるように、小児科医を傍に置いておきたいからだ。

蓮水の中で春人はあくまで、失くした指輪を弁償させる相手でしかない。

そんなことはわかっていたのに、先ほどの言葉の中に少しも心が込められていなかったことに、気持ちが落ち込んでしまう。

――指輪を失くさなければ、もっと違ったつき合い方が出来たのかな？

いや、あの一件がなければ、ただの医師と患者家族の関係で終わっていた。

結局、どんな出会い方をしていようと、大差ない浅いつき合いしか出来なかった気がする。

どういった道を選んでいたとしても、蓮水とは決して今以上の関係にはなれないのだということに気づき、春人は表情を曇らせた。

「おはようございます」

「おう、お疲れ」

大学病院での勤務を終え、春人はその足でバイト先である大沼こどもクリニックに出勤した。

クリニックといっても往診専門のため、マンションの一室に事務所を構えている。

ここは事務所兼スタッフの休憩室のようなもので、往診希望の電話がない時はこの部屋で待機することになっており、今日は院長である大沼だけが事務所に詰めていた。

「今日の往診の予約状況はどんな感じですか？」

「まだ入ってないな。夏だからな、風邪をひく子も冬に比べて少ないから」

冬の間は風邪やインフルエンザが流行するため大忙しだが、反対に夏は患者数が少ない。

持病を抱え定期的な往診が必要な患者さんもいるが、突発的な往診依頼は減少する季節だ。

「電話が鳴るまでは適当に休んでいてくれ。居眠りしてもいいぞ？　病院で働いてきた後だから疲れてるだろうしな」

「休んでる時間がもったいないです。勉強しますよ」

「熱心だなあ。休みの日は遊んだりしてるのか？　リフレッシュも必要だぞ？」

世話好きで話好きの大沼は暇を持て余していたらしく、色々と話しかけてくる。

勉強しようと思っていたが、大沼と話をするのは楽しい。春人は鞄から取り出しかけた医学雑誌をまた元に戻した。

「遊んでますよ。この前は花火を見に行きました。スイカ割りもしたんです」

「先週のちょっと小さい花火大会か？　出かけるなんて珍しいな」

「屋台が出てるところで見たわけじゃないんですけど、穴場のスポットを教えてもらったんです」

「へえ、友達と行ったのか？」

大沼の何気ない質問に、春人はギクリと顔を強張《こわば》らせる。

クリニックの患者さんである陽向とその父親の蓮水と出かけたと言っても、別に大沼は咎《とが》めないだろう。

けれど、蓮水と個人的なつき合いが始まったきっかけが、指輪の弁償のためだと知ったら、大沼は代わりに払うと言い出しかねない。迷惑をかけたくなかった。

それに、今は蓮水の家で住み込みで働いている形になっているが、春人の待遇《たいぐう》は悪くない。一人暮らししていた時より快適なくらいだ。

蓮水家で暮らすようになったことで、蓮水家と自宅アパートまでの交通費や移動時間がかからなくなった。

食事も蓮水か通いの家政婦が春人の分まで用意してくれ、生活費もいっさい支払う必要はないと言われている。

極めつけに、これまで一回一万円だったシッター代を、住み込みだからと実働時間に関係なく毎日もらえることになったのだ。

春人も朝から夜まで仕事をし、時にバイトにも行っているので、陽向につきっきりではない。

プロのベビーシッターの足元にも及ばない程度の仕事ぶりだというのに、きっちり報酬をもらえている。

このペースなら、あと九ヵ月程度で弁償金を払い終えられるだろう。

最初に蓮水に住み込みを提案された時は少し不安もあったが、帰宅して出迎えてくれる人がいる生活は、意外といいものだった。

疲れてグッタリして帰ってても、陽向が「おかえりなさい」と言ってくれるだけで元気が湧いてくる。

一緒にいる時間が長くなるにつれ、ますます陽向を可愛いと思うようになった。

父親の蓮水も、相変わらず不愛想だし時々意地悪なことを言って揶揄ってくるけれど、以前のように何かにつけ睨まれることは減っている。

当初考えていたよりもずっと、日々が充実していた。

だから春人は、大沼の質問にこう返す。

「はい。少し前に知り合ったんですけど、色々とよくしてもらってるんです」

でも、この答えには、一つ嘘が混ざっている。

蓮水は友人ではない。

だが、自分たちの関係を現わす単語が見つからず、蓮水のことを『友人』として話した。

大沼に心配をかけないための必要最低限の嘘だったが、蓮水と自分は友人とも呼べない関係であることを再認識し、胸がチクリと痛んだ。

「一日休みなんて、すごく久しぶりだ」

春人は蓮水家のリビングで、家人が留守なのをいいことに、ここぞとばかりにゴロゴロして怠惰《たいだ》な休日を満喫《まんきつ》していた。

――でも、ちょっと暇だな。

普段、仕事ばかりしているから、こうして休みをもらっても何をしたらいいのかわからない。

「そうだ、久しぶりにアパートに帰ろうかな」

蓮水家で暮らし始めて一ヵ月が経とうとしているが、なんだかんだと忙しくて、週に一度、郵便物を取りに帰るだけで掃除まで手が回っていなかった。

ゴミは片づけてあるし、食材の買い置きもしていないから、長期間家を空けていても危険な状態にはなっていないと思うが、たまには掃除した方がいいだろう。

「でも、ちょっとひと眠りしてから……」

春人は大きなあくびをして、リビングのソファに倒れ込む。

けれど、うたた寝のつもりが本格的に眠ってしまい、目を覚ました時にはすでに夕方になっていた。

「わ、もうこんな時間？　今日は掃除に行くのは諦めよう」

春人は時計を確かめ、寝転んでいたソファから慌てて起き上がる。

テーブルの上に散乱していたコップやお菓子のゴミを急いで片づけていると、玄関ドアが開閉する音が聞こえてきた。

――帰ってきた。

春人は二人を出迎えるために、廊下に出る。

「あ、せんせー！　ただいま！」

陽向はすぐに春人に気づき、廊下を駆けて抱き着いてきた。

こんな風に自分に懐いてくれて、とても嬉しい。

「おかえり、陽向くん。わ、汗がすごいね」

「こうえんで、ちょっとだけあそんだの」

夏は日が落ちるのが遅い。

職業柄、熱中症が心配になってしまう。

「水分は摂った？　こんなに汗かいたら脱水や熱中症になっちゃうかもしれないから、喉が渇いてなくてもこまめに飲み物を飲むんだよ？」

「こうえんで、いっぱいのんだよ。ほら、もうすいとうはいってないよ」

陽向が首から下げている水筒を持ち上げ、振って見せてきた。

後からやって来た蓮水も説明をつけ足す。

「たくさん飲ませたから大丈夫だ」

「どのくらい外にいたんですか？　帽子、ちゃんと被ってましたよね？　かわいそうだけど、この時期は外遊びの時間は短めにしてください」

陽向を心配するあまり、つい説教じみたことを捲し立ててしまった。

一気にしゃべった後で、公園に連れて行った蓮水を責めるようなことを言ってしまったことに気づく。

不機嫌になるかも、と不安になったが、なぜか蓮水はフッと微かに笑みを浮かべた。

「そういうことを言っている時は、ちゃんと医者に見えるな」

一瞬何を言われているのかわからなかったが、ようは一見しただけでは医師に見えないと言いたいのだろう。

これは小言《こごと》の仕返しをされているのだろうか。

――やっぱり怒ってるのかな？

謝罪するべきかどうか悩む春人と対照的に、蓮水はどことなく機嫌がよさそうだった。

「どうしてもとねだられて、日陰で十分だけ遊ばせたんだ。先生が心配するようなことはさせていないから安心しろ」

「はい、すみませんでした」

蓮水が陽向に無茶なことをさせるわけがない。

それはわかっているが、このところ熱中症の症状を訴えて来院する患者さんが多くて、つい心配になってしまったのだ。

蓮水は特に気分を害した様子もなく、先にリビングへ向かった陽向を追って行った。

春人もリビングに行くと、キッチンから二人の話し声が聞こえてくる。

「アイスの前に、先に風呂だ。その後に食べればいいだろ？」

「いまたべるのっ。あっついからっ」

「駄目だ」

どうやらアイスとお風呂、どちらを先にするかで揉めているようだ。

――珍しいな。

いつもなら陽向は、蓮水に言われたら素直に言うことを聞くのに。

よっぽどアイスが食べたいのだろうか。

仲のいい親子がこんなふうに言い争う場面を目撃したのは初めてで、どうしたらいいのかわからず春人もオロオロしてしまう。

何度駄目だと言われても陽向は聞かず、かといって蓮水も折れない。

――仲裁《ちゅうさい》した方がいいのかな？

見ている春人の方がハラハラしてしまい、耐えきれずに陽向の前でしゃがんで声をかけた。

「陽向くん、先生もお風呂を先に入った方がいいと思うな。服が汗で濡れてるから、冷房の効いた部屋にいると身体が冷えちゃうよ。お風呂の後に食べるアイスも、美味しいと思うよ？」

陽向は少し迷っていたようだが、最終的にコクンと頷いてくれた。

春人もホッとして、蓮水の方へ陽向の身体を押してやる。

「じゃあ、パパと入っておいで」

ところがここで、またしても陽向は「イヤ」と言った。

「パパじゃなくて、せんせいとはいる」

「僕と？」

「うん。きょうは、せんせいとはいりたい」

一時はこれで解決したと思ったのに、陽向は意外にも頑固《がんこ》な一面を持っているようだ。

――僕が蓮水さんと入るように強く言ったら、振り出しに戻っちゃいそうだし……。

春人がうーん、と悩んでいると、蓮水に肩を叩かれ耳元で囁かれる。

「一緒に入ってやってくれ」

それだけ言うと、蓮水はスッと離れてリビングを出て行った。

怒っている感じでもなかったから、いったん陽向から離れて落ち着くのを待つことにしたのだろう。

春人はそう思ったが、まだ小さい陽向は父親を怒らせてしまったと不安そうな顔をしている。

「大丈夫、パパは怒って出て行ったんじゃないから。陽向くんの着替えを用意しに行っただけだと思うよ。さあ、お風呂入ろ？」

「……うん」

陽向は目に見えてしょんぼりしている。

春人はそんな陽向に努めて明るく声をかけながら、浴室に向かった。

湯舟にはすでにお湯が張られており、先にリビングを出た蓮水が気を利かせて溜めておいてくれたようだ。

陽向の気が変わらないうちにさっさと入ろうと、手早く服を脱いで浴室に足を踏み入れる。

ところがそこで春人は重大な問題に気がつく。

これまで陽向の風呂は、蓮水と一緒に入るか、家政婦さんが入れてくれていた。

だから、春人は陽向の風呂の面倒を見たことがなく、さらに身近に小さな子もいないため、五歳児がどこまで自分で出来るのかわからず頭を悩ませてしまう。

——えっと、手伝った方がいいのかな？

いつも蓮水はどうやって風呂に入れているのだろう。

聞いておけばよかった、と後悔したが、陽向は悩んでいる春人の前を素通りし、シャワーを出して一人で浴び始めた。全身をお湯で濡らすと、子供用の目にしみにくいシャンプーで自分の頭をゴシゴシと洗い、身体も同じく一人で洗っていく。

——五歳なのに、なんでも一人で出来てすごい。

日頃から蓮水が一人で洗わせているのだろう。子供とのお風呂が初体験な春人は、一人でなんでも出来る陽向に感心した。

箸の使い方もそうだし、挨拶もきちんと出来る。靴も脱ぎ散らかしたままにせず、言われる前に揃えている。

陽向がしっかりしているのは、蓮水の教育の賜物《たまもの》だ。

「せんせい、あわ、ながれたー？」

「綺麗に流せてるよ。じゃあ、先に湯舟に入っててくれるかな？」

「うん、いいよ」

陽向が浴槽に入ったのを見届け、春人も手早く頭と身体を洗い、湯舟に浸かる。

蓮水家の風呂は一般家庭より少し大きめだ。

春人と陽向で入っても余裕がある。

二人向かい合ってお湯に浸かり、春人はほうっとため息をこぼす。

——いつもシャワーで済ませてたから、久々にお湯に入ったなぁ。

湯舟に入った方がリラックス出来る。わかっていても睡眠時間を優先させて手早くシャワーで済ませてしまっているが、こうしてお湯に浸かると日々の蓄積《ちくせき》した疲れが取れていく気がした。

春人がのんびりお風呂を堪能《たんのう》していると、固い表情をした陽向におずおずと話しかけられる。

「ねえ、せんせい。ほんとうにパパ、おこってない？」

「うん、大丈夫だよ。ほら、僕はよくパパを怒らせちゃってるでしょ？　だからパパが本当に怒っているかどうかがわかるんだ。パパは怒ってなかったよ。でも、困ってたかな」

「ぼくのせい？」

「うーん、……陽向くんがあんなに強く主張することなかったから、パパもどうしたらいいのかなって困ってた気がする。でもいいんだよ？　思ったことを言うのは悪いことじゃないんだから」

これで少しは安心してくれただろうか。

子供は好きだが子育て経験はないから、こういう時になんて声をかけるのが正解かわからない。

それでも自分なりの考えを伝えてみたが、陽向はもっと悲しそうな顔になってしまった。

「陽向くん、どうしたの？」

「ぼく、ちゃんとせつめいできなかったの……」

「どういうこと？」

陽向の瞳から涙があふれ、こぼれ落ちたそれがお湯に混ざる。

「ぼくね、パパにアイスたべてほしかったんだ。だってパパ、すいとうもってなかったから。ねっちゅうしょうになったら、こおりでひやすんだよって、ほいくえんのせんせいがいってたもん」

そこでようやく、先ほどの陽向の強情な態度の理由がわかった。

陽向が公園で遊んだと聞いて、春人は熱中症と脱水を心配した。

陽向は水筒で水分補給したけれど、一緒に公園に行った蓮水はその時、何も口にしなかったのだろう。

春人が心配そうな顔で『熱中症』と口にしたことで、保育園の先生から聞いた対処法を思い出し、蓮水を心配してアイスを食べさせようとしたらしい。

「陽向くんは、パパが心配だったんだね」

「ん、そう。でも、ちゃんといえなかった」

しっかりして見えても、陽向はまだ五歳。

言葉が足りなくて、蓮水に正しく伝えられなかったのだ。

「おみずものんでないし、アイスもたべてないのに、あったかいおふろにはいったら、パパたおれちゃう」

「そっか、だから僕と入りたいって言ったんだね」

蓮水が陽向を心配するように、陽向も蓮水のことを心配しただけ。

もっとちゃんと、時間をかけて話を聞いてあげればよかった。

陽向の気持ちを思うと、こちらまで切なくなってくる。

「もう一度、パパとお話ししよう」

「でも、ぼく、またうまくはなせないかもしれないよ？」

「その時は僕が助けてあげる。陽向くんがパパのことをとても心配してたんだって知ったら、パパも嬉しいと思うよ」

「……ぼく、がんばっておはなしする」

ようやくいつもの笑みが戻ってきた。

春人が一安心したところで急に陽向が立ち上がり、湯舟を出て脱衣所との仕切りのドアを開け放った。

「どうしたの？」

春人も陽向の後を追い、湯舟から出る。

「陽向くん、もうちょっと入ってた方が……」

「あっ、パパ！」

全開にされたドアの向こうの脱衣所に、蓮水が立っていた。

陽向は濡れた身体のまま蓮水に抱きつく。

「あのね、ぼくね、パパにアイスたべてもらおうとしたの。パパ、ねっちゅうしょうになっちゃうかもしれないから、しんぱいだったんだよ？」

ギュウッとしがみつく陽向の頭を大きな手で撫で、蓮水が膝をつく。

「そうだったのか。わかってやれなくて悪かった。心配してくれてありがとう」

蓮水は優しい声音でそう言い、陽向の身体を抱きしめる。

二人が無事に仲直り出来て春人もホッとした。

よかったよかった、と胸を撫で下ろしていると、いきなりバスタオルが飛んできた。

「うわっ」

顔面にタオルが当たり、びっくりしてしまう。

視界を覆うタオルをずらすと、蓮水が黙々と陽向の身体を拭いているのが目に入った。

「先生も身体を拭け。どうしてもというなら、俺が拭いてやるが」

「……あっ！」

蓮水と陽向の仲直りに感動して、自分が全裸なことをうっかり忘れていた。

――見られた、よね……。

別に男同士なのだからどうってことない。

けれど、あんなに格好いい身体をしている蓮水に、自分の貧弱な身体を見られたことが恥ずかしい。

「最悪だ……」

浴室でゴシゴシと身体を拭きながら、泣きたい気分になってくる。

春人が落ち込んでノロノロしているうちに、陽向はパジャマを着終わったようだ。

「せんせい、さきにいってるね」

陽向の声に続き、ドアが閉まる音がした。

念のため脱衣所を覗いて確かめてみたが、蓮水もいなくなっている。

「はあ、失敗した」

独り言とため息を繰り返しながら服を着て、髪をざっと乾かして廊下に出る。

「おい」

「わっ!?」

ドアを一歩出たところで呼びかけられ、心臓が止まりそうになった。

「は、蓮水さん？　何してるんですか？」

動転している春人と視線を合わせないまま、蓮水は答える。

「先生に言いたいことがあったんだ」

「はい？」

「……陽向と話してくれて助かった。俺じゃあ、あんなふうに聞いてやれなかった」

――それを言うために、待っててくれたの？

二重に驚いて言葉を詰まらせる春人を置いて、言いたいことだけ言って蓮水は踵《きびす》を返す。

そのまま行ってしまうと思ったのに、歩き出す前にボソリと呟いた。

「それと、誤解されないように言っておくが、さっき脱衣所にいたのはたまたまだ。陽向の着替えを置きに行ったら先生と陽向の会話が聞こえて、出て行くタイミングを逃した」

「え？　あ、はあ……」

——なんでわざわざ脱衣所にいた理由を？

見張っていたと誤解されたくなかったのだろうか。

蓮水は今度こそ、リビングで待つ陽向の元へと向かって歩き出した。

ここで暮らし始めて一月以上経つが、蓮水のことがよくわからなくなってきた。

時々、蓮水は予想外の言動をするから混乱してしまう。

嫌味を言いながらも優しくしてきたり、先ほどのように急に脈絡のないことを言い出したり……。


——花火大会の時もそうだった。

もう一ヵ月も前の出来事だというのに、あの夜の穏やかな蓮水の瞳と、手首を掴んだ手の感触がふいに蘇り、気持ちがソワソワした。

蓮水にとって、自分はどんな存在なのだろう。

気に入られているのか、それとも鬱陶しいと感じているのか……。

気に入らない相手だったら、弁償の件があるとしても自宅には住まわせない気がする。

けれど、それだけで気に入られていると断言出来るほど、親密な関係は築けていないと思う。

考えれば考えるほど、蓮水の気持ちがわからなくなってくる。

ただ一つ、今はっきりとわかったのは、自分は蓮水に気に入られたいと思っているということだけだった。


「んー、疲れた」

春人は当直からの午前外来を終え、イスに腰掛けたまま大きく伸びをする。

これで今日の業務は終わりで、明日は休み。

すぐに帰ってもいいのだが、その前にもう一つやらなければいけないことを思い出し、イスから立ち上がった。

――帰る前に、もう一度皆の様子を見ておかないと。

目的地は小児科病棟。

当直中は受け持ちの患者さんの容体に変化は見られなかったが、病状が落ち着いていてもいきなり急変することもある。

休みに入る前に、子供たちの顔を見ておきたかった。

「失礼します」

担当の患者さんが入院している病室を覗くと、つき添っている母親がこちらに気づき、軽く会釈《えしゃく》してきた。

春人は「お邪魔します」と小声で断ってから、窓際のベッドに近づく。

「すみません、今お昼寝中で。起こしましょうか？」

「寝かせておいていいです。帰る前に顔を見ておきたかっただけなので」

お昼寝中の三歳の女の子……美弥《みや》は、十日前に肺炎《はいえん》で入院した。

経過も順調で、明後日の血液検査の結果次第で退院出来る見込みだ。

春人は美弥の母親と少し言葉を交わし、静かな寝息を立てる寝顔を確かめてから部屋を出る。

その時、隣の病室から揉めているような声が聞こえてきて、春人は何事かと隣室を覗き込んだ。

「一花《いちか》ちゃん、今日こそリハビリ行かなきゃ駄目よ。ずっとお休みしてるじゃない」

「……きょうもおやすみする。だって、からだがつらいんだもん」

「昨日も一昨日もそう言ってたけど、バイタルは問題なかったわよ。これまでは、どうしても嫌だって言うからお休みさせてたけど、さすがに休み過ぎよ」

「でも、ほんとうに、なんかつらいんだもん」

看護師に叱られているのは、入院中の十歳の女の子で、名前は一花。幼い頃から重い喘息を患っており、たびたび入退院を繰り返している子だ。

担当ではないが、会うと必ず挨拶してくれる子で、だから春人も覚えていた。

「もう、無理やり連れてくからねっ」

小言を無視してモゾモゾとタオルケットに包まる一花に痺《しび》れを切らしたようで、看護師は語気を強め、タオルケットを剥がしてしまう。

春人が見た限り、一花にはいつもの元気がなく本当に具合が悪そうに見え、つい口を挟んでいた。

「強引に連れて行っても、やる気がなければ結局リハビリしないんじゃないですか？」

「一花ちゃんは橘先生の担当じゃないですよね？　主治医の石井《いしい》先生から、今日、きちんとリハビリを受けさせるようにって、きつく言われてしまったんです。それに、これは仮病ですよ」

「ちがうもんっ。ほんとうに、からだがおかしいのっ」

一花が反論すると、看護師はその場でバイタルを測定し、問題がないことを伝えた。

「体温も、血圧も、脈も、酸素飽和度も、全部基準値内よ。嘘はやめなさい」

「うそじゃないっ」

「そんなに大きな声が出せるんだから、元気でしょ」

一花は目を潤ませ、春人は気の毒になってまた口を出してしまった。

「あの、今日も休ませていいんじゃないですか？　こんなに嫌がってるんだから」

「だから、石井先生から言われてるんです。バイタルに問題がないなら、リハビリを受けさせるようにって。これは主治医の指示ですから」

そう言われてしまうと、担当でもなんでもない春人は何も言えなくなる。

一花も看護師の強気な態度についに折れたようで、渋々車イスに乗ってくれた。

しかし、病室を出て行く一花の瞳に涙が溜まっているのを見てしまい、春人はどうしても放っておけなかった。

陽向も喘息を患《わずら》っている。今は落ち着いているが、寒い季節になると悪化傾向になり、ちょっとしたことで発作が誘発されてしまう。

ただの往診医だった時は仕事に徹することが出来ていたが、一緒に暮らすようになり、自分に懐いてくれている陽向が次に発作を起こした時、自分はこれまでのように冷静ではいられない気がする。

――もし、一花ちゃんじゃなく、陽向くんだったら……。

同じ病気に苦しんでいる一花と陽向の姿が重なって見え、これがもし陽向だったら自分はどういう行動を取るかと考えた。

――本当に具合が悪いなら、リハビリなんてさせちゃ駄目だ。

無理に動かしたことで、病状が悪化してしまうかもしれない。

けれど、春人にリハビリを中止させる権限はない。

しかし、幸い勤務時間は終わっているから、一花のリハビリに自主的につき添うことは出来る。

もし万が一、容体が急変しても、傍にいればすぐに対応することが出来るだろう。

春人は一花と看護師の後ろをついて行き、担当の理学療法士に見学の許可をもらってリハビリ室に入った。

この時間は患者さんがあまりいないらしく、広いリハビリ室は閑散《かんさん》としている。

本当はすぐ近くについていてあげたかったが、一花の周りをウロチョロしていたらリハビリの邪魔になる。イスに腰掛けて一花の様子を見守ることにした。

まずは肺活量を鍛えるためのリハビリを行い、次に歩行練習に移る。

指先にサチュレーションをつけ、酸素飽和度を常に観察しながら、理学療法士につき添われて一花が室内を歩き始めた。

動作はゆっくりだしいつもの元気はないけれど、一花は自分の足で歩いている。

——僕の思い過ごしだったのかな。

バイタルも正常だったし、看護師が言っていた通り、リハビリが嫌で仮病《けびょう》を使っていただけなのかもしれない。

でも、それならそれでいい。

一花が辛い思いをしていないということだから、仮病でよかった。

春人は緊張を解き、先ほどよりもゆったりとした気持ちでリハビリの様子を見守る。

だが、あと少しで課題の距離を歩き終わるというところで、急に一花がふらつき、そのまま倒れ込んでしまった。

「一花ちゃんっ」

春人は反射的に立ち上がり、彼女の元へ駆けつける。

だが、春人がいくら呼びかけても、一花は無反応だった。

「先生、サチュレーションがどんどん下がってますっ」

「え!?」

——病室ではバイタルは安定していたのに、どうして!?

数値はどんどん下がっていき、五十パーセント台にまで落ちてしまった。

「こ、呼吸はっ？」

口元に手をかざしても、息遣いは感じられない。

——止まってる……。仮病なんかじゃなかったんだ……！

一花は再三体調不良を訴えていた。

自分もそれを聞いていたのに、どうしてきちんと診察しなかったのか。

——僕のミスだ。

「先生、救急カート持ってきました！　何を用意しますか？」

他のリハビリ室のスタッフが春人に指示を仰いできた。

その声で我に返り、まず何をするべきかを考える。

「えっと、気管挿管《そうかん》するので、チューブと喉頭鏡《こうとうきょう》をお願いします」

「これでいいですか？」

「はい。ありがとうございます」

差し出された器具を手に取った瞬間、急に大きな不安が込み上げてきた。

これまでも急変対応をしたことはある。

けれど、いずれも病棟でのことで、自分が指示しなくてもベテランの看護師が自発的に動いてフォローしてくれた。

しかし、今いるここはリハビリ室で、周りには急変に慣れていないリハビリ専門のスタッフしかいない。

全部自分で判断し、治療していかなければいけない状況だった。

――手が震える。

自分が背負っている責任の重さを自覚し、手の震えが止まらなかった。

こんな状態では、気管挿管なんて出来ない。

――無理かもしれない……。

重責に心が押しつぶされそうになる。

――でも、僕がなんとかしないと、一花ちゃんは……。

春人は深呼吸し、意識して動揺を静めようと努力する。

「……挿管チューブが入ったら、すぐにテープで固定してください」

挿管が成功した後の指示を出す声も、隠しようがないほど震えている。

心を強く持とうとしたけれど、処置の間中、ずっと震えは止まらなかった。

春人が蓮水家に帰宅したのは、夜十時近くのことだった。

――蓮水さんに気づかれないように中に入って、そのまま寝よう。

一花の急変対応をしたことで、体力も気力もとても消耗《しょうもう》していた。

今は愛想笑い一つ出来ないくらい、疲れ切っている。

こんな疲れた顔を、誰にも見られたくない。

ところが、春人が合鍵で蓮水家の玄関を開け中へ入ると、わずかな物音を聞きつけ蓮水が書斎から出てきた。

「遅かったじゃないか。何度も連絡したんだぞ。陽向も心配していた」

「す、みません、でした」

スマホを確認することすら忘れていた。

――遅くなるって、電話をしておけばよかった。

蓮水に一報入れておけば、こんなふうに問いただされることもなかったはずだ。

「……今日は仕事がすごく忙しかったんです。疲れてるので、休ませてもらいます」

春人は早々に自室へ引っ込もうと蓮水の横をすり抜けようとしたが、手首を掴まれ引き止められた。

「おい、大丈夫か？」

「……疲れてるだけです」

もっと色々聞かれるかと思ったのに、蓮水はあっさり春人を解放した。

「わかった。明日は休みだろう？　朝も起きてこなくていいから、ゆっくり休め」

これはきっと蓮水なりの気遣いだ。明日はベビーシッターとしての仕事も休んでいいと言ってくれているのだろう。

だが、それがかえって突き放されたように感じてしまい、一人になりたくないという強烈な欲求が込み上げてきた。

「待って……っ」

今度は反対に、春人が蓮水の腕を掴んでいた。

蓮水が珍しく驚いた顔をする。

「あ……、ごめん、なさい」

何をしているのだろう。

蓮水は家族でも友達でもなんでもないのに。

彼を頼ってはいけない。

我に返った春人は、すぐに手を引っ込めた。

しかし蓮水はこちらに向き直り、静かな声で尋ねてくる。

「何があった？　話してみろ」

「いえ、いいえ、いいんです。すみません、疲れてて、変な態度を取ってしまいました」

本当は傍にいて、話を聞いてもらいたかった。

でも、仕事の話なんて聞かされても、病院関係者でもなんでもない蓮水は迷惑だろう。

きっとまだ蓮水も仕事が残っている。

多忙な彼に、自分のために時間を使わせるわけにはいかない。

「もう寝ます。おやすみなさい」

春人は今出来る精一杯の笑顔を作り、自室のドアに手を伸ばす。

——早く部屋に入らなきゃ……。

涙がこぼれてしまいそうだった。

そのくらい、今日は辛かった。

そうして春人が部屋へ入ろうとした時、突然、背後から蓮水に抱きしめられたのだ。

「な……っ」

「話したくないなら、話さなくていい」

蓮水はそれだけ呟き、春人を抱く腕に力を込める。

——どうして、こんなことを……。

やっぱりこの人が何を考えているのか、さっぱりわからない。

わからないけれど、彼の優しさは伝わってきた。

春人は緊張の糸が切れたように身体から力を抜き、廊下に座り込む。

こらえきれずに涙をこぼす春人を、蓮水が今度は正面から抱きしめてくれた。

「こ、怖かったんです……」

リハビリ室でのことを思い出しただけで、また手が震え出す。

無事に一花の気管挿管に成功し、応援のスタッフが来るまでの間、出来る限りの治療を行った。

しばらくして応援の医師と看護師が到着し、懸命な治療の甲斐があり一花は息を吹き返し、集中治療室へ運ばれた。

だが、春人は一花が心配で、彼女の意識が戻るまでずっとつき添っていた。

やがて一花が目を開けてくれた時は、心からよかったと安堵し喜んだ。

けれど、一花が急変してからずっと、手の震えが止まらない。

もし、自分があの緊迫した場面で何か一つでも手技を間違えていたら……、と考えたら、底知れぬ恐怖が襲ってきたのだ。

「怖いんです……」

春人は涙を流しながら、この言葉だけを繰り返す。

蓮水からしたらなんのことだかわからないだろう。

怖いと言って泣きじゃくる男をなだめるなんて、面倒くさいと思う。

だが、蓮水は春人が落ち着くまで、抱きしめていてくれた。

そうして、廊下で二人寄り添う格好で座り込んだまま、どれほどの時間が過ぎただろうか。

散々泣いて、不安や恐怖心を吐き出したことで、ようやく気持ちが落ち着いてきた。

そうなると今度は、とてつもない羞恥がこみ上げてきたのだ。

――蓮水さんに、思い切り迷惑をかけちゃった。

いい大人が人前で号泣するなんてみっともない。

ふと見れば、身体を密着させていたから蓮水の服が春人の涙で濡れてしまっている。

「すみません、服が……」

おずおずと口にすると、蓮水が腕の力を緩め、頭を左右に振ってきた。

「服なんてどうでもいい。……もう平気か？」

「は、はい。情けないところを見せてしまって、申し訳ないです」

もう、恥ずかしくて消えてしまいたい。

春人が身を離して頭を下げると、再び蓮水に抱き寄せられた。

——な、なんで!?

もう自分は泣いていない。

慰めてもらう必要はない。

それなのに、どうして彼はこんなことを……？

予想外のことに春人は気が動転して、身体を動かすことも声を発することも出来なかった。

すると間近で蓮水の低い声が聞こえてくる。

「先生でも、泣くことがあるんだな」

「仕事中は泣かないんですけど、その……、ここは病院じゃないから、気が抜けてしまって」

医師としてこんな情けない姿を、患者さんの家族である蓮水に見せるべきではなかった。

これから陽向の診察をする時に、不安にさせてしまうかもしれない。

春人が自分の失態を反省していると、蓮水はなぜか小さく笑った。

「あの日とは逆だな」

「え？」

——あの日って？

いつのことだか心当たりがなく問い返すと、蓮水がゆっくりと続きを口にした。

「四年前のことだ。……あの日、妻が事故に遭《あ》ったと連絡を受けて、俺はまだ一歳の陽向を連れて病院に駆けつけた。妻は重傷を負っていて意識がなく、俺は陽向を抱いて廊下のイスに座って、妻が目覚めるのを何時間も待っていた」

初めて聞く話なのに、不思議と見たことがあるかのようにその光景が頭に浮かんできた。

「時間の感覚がなくなるくらい、長い時間、座っていた。気がつけば外は真っ暗になっていて、陽向も眠っていた。そして、妻はそのまま目覚めることなく亡くなってしまったんだ。俺はその時、自分が許せなかった。……俺が妻を一人で外出させたから、事故に遭ってしまったんだ。たまには陽向の面倒を見るから、息抜きに外出してくればいいと言って、行かせてしまった」

蓮水が語った妻の話は、聞いているこちらまで胸が痛むほどに辛い話だった。

慰めの言葉を口にするのもはばかられるほどで、耳を傾けることしか出来ない。

「妻を失って悲しかった。だが、これからは陽向を一人で育てていかなくてはいけない。だからいつまでも落ち込んではいられないと、そう自分に言い聞かせたが……、それでもその時は心がついていかなくて、陽向を抱いてまたイスに座り込んでいた。……そんな時に、先生に声をかけられた」

途中までは胸が痛むばかりの話だったが、最後の言葉に春人はピクリと肩を震わせる。

――僕に？

以前、花火大会の夜に、蓮水と会ったことがあるような感覚を覚えた。

あれは気のせいではなかったのか。

「あの、僕は何を……？」

妻を亡くし、幼い陽向を抱いて意気消沈する蓮水に、何か不用意なことを言わなかったかと心配になった。

春人がおずおずと質問すると、蓮水はフッと笑いをこぼす。

「先生は、深夜に子供を抱いて廊下のイスに座り込む俺を見つけて、『大丈夫ですか？』って血相《けっそう》を変えて駆け寄ってきた。眠っていた陽向が遠目から見たら、グッタリして危険な状態に見えたみたいだ。傍に来るなり陽向を抱き上げて、びっくりして泣き出した陽向を見てようやく、勘違いして寝ている子を起こしてしまった、と気づいた」

当時のことを思い出したのか、蓮水が喉の奥で笑う。

春人の方も、忘れていた記憶が少しずつ蘇ってきた。

――そうだ、そんなことがあった気がする。

研修医として働き始めたばかりで、とにかく毎日全てのことに必死だった。

帰りが遅くなる日もよくあり、そんな時に消灯後の薄暗い廊下で項垂れて座る男性を見かけた。

しかも腕には幼児を抱いていて、その子がとても衰弱しているように見えて、それで焦っていきなり子供を抱き上げてしまった。

身体を揺さぶられ、子供は火がついたように泣き出して、そこで自分の勘違いに気づいた。

春人は父親に謝罪しながら、懸命に子供をあやして泣き止ませようとした。

でも、なかなか泣き止んでくれず、大きな泣き声を聞きつけて看護師が集まってきてしまい、事情を話すと看護師にもこっぴどく叱られたのだ。

――あの時のお父さんが、蓮水さんだったの!?

記憶の中の父親は、今の蓮水とは別人のように覇気《はき》がなく、口数も極端に少なかった。

だから春人は、あの時の親子が蓮水と陽向だということに、今の今まで気づかなかった。

「その節は、大変失礼しました……っ」

ただでさえとても辛いことがあった日に、自分の軽率な行動で蓮水と陽向に負担をかけてしまった。

思い出したら申し訳なくなってきて、謝罪を口にしていた。

嫌味の一つ二つ言われても仕方がない状況なのに、蓮水は笑いながらその後の出来事を話し出す。

「あの時は、なんてことをしてくれたんだと腹が立った。だが、先生はお詫《わ》びにと、陽向の面倒を一晩見ると言い出したんだ。自分が責任を持って預かるから、だからお父さんは少し寝てくださいって、そんなことを言われた。最初は変な医者だと思ったが、処置室のベッドを貸してもらえるよう看護師に頼んだり、小児科にオムツやミルクをもらいに行って必死に陽向をあやす先生を見ていたら、少し気持ちが落ち着いてきた」

蓮水はそこで言葉を区切り、こう告げる。

「あの時、先生に出会えてよかった。そうでなかったら、俺は陽向がいるのに、悲しみから抜け出せなかっただろう。心の中を整理する時間を先生が作ってくれた。そのおかげで、陽向を一人で育てていく決心が出来た。ボロボロになってた俺を、たまたま通りがかった先生が、救ってくれたんだ」

この日の春人の行動は、どれもこれも褒められたものではない。

働き始めたばかりで、ただ毎日必死だっただけだ。

現に後から、小児科の患者でもないのに勝手に子供を預かって病院の備品を使ったことを怒られたし、後から親御さんにかえって迷惑をかけたのでは、と反省もした。

だから春人の中では、その日のことは失敗として刻まれているが、蓮水は全く別の受け取り方をしてくれていた。

――そうだ、確かあの日……。

朝方起きてしまってなかなか泣き止まない陽向を抱っこして歩き回っていたら、仮眠から目覚めた蓮水に言われたのだ。

ありがとう、と。

その顔は廊下でうなだれていた時とは違い、穏やかで優しい顔をしていた。

あれから四年経った今、忘れていたその時の話を蓮水から聞かされ、ただただ驚いて何度も瞳を瞬かせる。

「先生がいたから、俺は陽向の父親をすることが出来てる。全部、先生のおかげだ」

「蓮水さん……」

主治医でもなんでもない研修医の自分を、そんなふうに思っていてくれたのか。

たった一晩の出来事を覚えてくれていた蓮水の言葉に、自分の方こそ救われた気持ちになる。

「覚えていてくれて、ありがとうございます」

思わず顔を上げて感謝の気持ちを伝えると、なぜか彼は口角を持ち上げ意地の悪そうな笑みを浮かべた。

「先生の方は、綺麗さっぱり忘れてたみたいだがな」

「う……っ」

痛いところを突かれ、春人は言葉を詰まらせる。

気まずい顔をしたことに気づいただろうに、その上で蓮水はさらに言葉を重ねる。

「陽向の往診を頼んで先生が来た時は驚いた。だが、先生は『初めまして』と挨拶してきて、綺麗さっぱり忘れてるんだとわかった。腹が立って仕方なくて、だからあんな……」

蓮水はそこで不自然に言葉を途切れさせる。

春人は少し違和感を覚えたが、『だから冷たい態度を取った』と言いたかったのだろうと思い、自分の記憶力の悪さを恨んだ。

「す、すみません」

「別にいい。先生は医者だから、毎日たくさんの患者を診る。担当でもなんでもない俺たちのことを、覚えていなくても仕方ない」

蓮水はふう、と息を吐き、真剣な顔でこう続ける。

「いつか、礼を言いたいと思ってた。出来ることなら、先生が困っている時に力になりたいとも。なあ、橘先生。俺は今、少しは恩返しが出来たか？」

「え、ええ。みっともないところをお見せしちゃいましたけど」

思い切り泣いたし、蓮水から聞かされた話にびっくりするやら感動するやらで、帰宅した時の底知れない恐怖感は綺麗に消えている。

まだまだ医師として未熟だけれど、経験を積んで知識を得て技術を身に着け、いつか一人前の医師になろうと、新たに決意することが出来た。

蓮水がいてくれなかったら、色々と考えてしまって立ち直るのに時間がかかっただろう。

泣きじゃくってしまったのは恥ずかしいが、蓮水がいてくれてよかった。

春人がそうした思いを込めて照れ笑いしながら返すと、自然な動きでフワリと頭を撫でられる。

その瞬間、カッと顔が熱くなった。

陽向と同じように扱われたことが恥ずかしいのかと思ったが、心臓の動きが妙に早くなっていて、それだけが理由ではないと悟る。

――ドキドキしてる……。なんだか変だ。

頭を撫でられても、嫌な気持ちはしない。

むしろ、蓮水に優しくされて嬉しいと感じた。

だが、こんな風に思ってしまうこと自体、おかしいことなのだ。

蓮水に変に思われないうちに離れなければ、と思うのに、身体が言うことを利かない。

嬉しいと感じる心を止められない。

ずっとこうしていて欲しいとさえ思ってしまう。

――なんでこんなに胸が苦しいんだろ……？

蓮水のことを考えると、心臓が痛くなる。

それがどうしてか、春人はまだその理由がわからなかった。


――蓮水さんの様子がおかしい。

そう感じたのは、蓮水の前で泣いてしまった翌日からだ。

一見してこれまでと変わらない毎日に見えても、言葉で表現しにくいけれど、どことなく蓮水の態度が変わった。

――なんとなく優しくなった気がする。いや、優しいともちょっと違うような？　子供扱いとも違うし……。

あの夜から一週間が過ぎ、春人と蓮水の関係に少し変化が起きている。

けれど悪い方向に、ではない。

いい方向に、だ。

朝食を済ませ、着替えのために自室のクローゼットを開け、春人はそこに見慣れないネクタイがかかっているのを発見した。

「あれ、これは？」

春人は恥ずかしながらあまり服を持っていない。

着るものに興味がないというのもあるが、出費を抑えるために、仕事用のスーツも私服も、最低限しか持っていないのだ。

それなのに、このところ毎日のように、クローゼットを開けると物が増えている。

一昨日は部屋着で、昨日は私服と思しきシャツ、そして今日は見慣れないネクタイが、当たり前のようにかかっていた。

こんなことをするのは、蓮水しかいない。

最初、見慣れない部屋着が置いてあった時は、家政婦が間違って蓮水のものを春人のクローゼットにしまったのだと思った。

けれど、実際はそんなことはなく、紛れ込んでいたと蓮水に渡すと「それは先生のだ」と返されたのだ。

どうやら自分の服を買いに行ったついでに春人のも買ってくれたらしいが、一緒に暮らしていてそんなことをされたのは初めてだから驚いてしまった。

遠慮して返そうとしてもサイズが合わないから蓮水は着られず、いらないなら捨てると言われてしまい、そのままいただくことにした。

それと同じ理由で昨日はシャツをもらい、そしてどうやら今日は仕事用のネクタイらしい。

これまではサイズの問題があったから結局もらうしかなかったが、ネクタイにはサイズはない。

春人は新しいネクタイを手に取ると、キッチンで後片づけをしている蓮水の元へ向かう。

「あの、蓮水さん、このネクタイ……」

戸惑いながら声をかけると、蓮水はこちらを振り返りもせずに言ってきた。

「ついでに買った」

「これ、高いものですよね？　さすがにいただけません」

春人が返そうとすると、蓮水がようやくこちらを振り返る。

「趣味に合わなかったか？　なら別のものを用意しよう」

穏やかな声でまた買うと言われてしまい、春人は首を左右にブンブン振る。

「僕はそういうのよくわからないので、こだわりはないです。でも、昨日も一昨日もいただいてるので、さすがに申し訳なくて……」

「ついでに買ったんだから、気にすることはない。というか、俺が気になるんだ。先生はスーツもネクタイも地味な色合いばかりで、正直に言うと似合ってない。顔立ちや背格好的に、もう少し明るい色のネクタイを合わせた方がいい」

「そうなんですか？　変でしたか？」

よくわからなくて無難なものをとりあえず買っていたが、それではいけなかったようだ。

「変とまではいかないが、もっと似合う色があるだろうに、とは思っていた。そのネクタイをつけてみればわかる」

同じスーツという装いなのに、蓮水はお洒落だなといつも思っていた。

安物を着ていないからだと勝手に思っていたが、単純に春人のセンスがなかっただけらしい。

ネクタイ一つでどこまで変わるのか気になり、スーツに着替え、蓮水が用意してくれたネクタイを締めてみる。

鏡の前で自分の姿を確認すると、目に見えて顔色がよくなっていた。

「えっ、こんなに違うの？」

確かに蓮水が選んだネクタイの方がずっといい。

小物一つでこんなにも違って見えるのかと感心する。

「どうだ？」

蓮水がドアから顔を覗かせ、着替え終わった春人を見て満足そうに頷いた。

「ほら、こっちの方がいいじゃないか」

「そう、ですね」

春人もこのネクタイが気に入った。

でも、ブランド物の高いネクタイを貰うのは気が引ける。

「蓮水さん、申し訳ないので、このネクタイ買い取ります。あ、でも、えっと、今給料日前であんまり持ち合わせがないので、後でお支払いしてもいいですか？」

春人が恥を忍んで伝えると、蓮水は「駄目だ」と即座に却下した。

「俺は悪徳業者みたいな押し売りがしたかったわけじゃない。自分のものを買うついでに買っただけだから、気にせず受け取ればいい」

「でも……」

本当にいいのだろうか。

多額の弁償金が残っている身で、こんな高価なものを貰ってしまって。

春人は困ってしまう。

するとその時、登園の用意を終えた陽向が蓮水の背後からひょっこり顔を覗かせた。

「せんせい、よういできた？　パパもできた？　しゅっぱつしようよ～」

「あと五分待て。それから出発だ。先生も支度を済ませておいてくれ。送って行くから」

「え、あ……」

春人が発言する前に、蓮水はさっさとリビングを出て行ってしまう。

「今日は電車で行きますって、言おうとしたのに」

春人は眉根を下げ、蓮水の負担を増やしていることを申し訳なく思った。

陽向を保育園に送って行くついでに、春人も蓮水の車で病院まで送ってもらっている。

でも、大学病院に寄ってから保育園に行くと遠回りになってしまうので、二人が家を出る時間が以前より早くなってしまっているのだ。

自分は電車で行くから、と言っても、蓮水も陽向も春人を送っていくことがすでに日課になっているようで、聞き入れてもらえない。

こうしたちょっとした変化が、一週間前からたびたび起こっている。

——やっぱり、変だ。

春人からすればどれもありがたいことなのだが、反対に蓮水の負担は増えている。

どう考えても蓮水の方に負担が多くなっているのに、どうして自分のために色々してくれるのだろう。

ただでさえ自分はダイヤの指輪を紛失して、蓮水に迷惑をかけているというのに……。

——もしかして、恩返しをしてる？

蓮水は四年前の春人の行動に感謝していると言っていた。

まだそれを気にしているのだろうか。

「蓮水さんって、けっこう義理堅い人なんだな」

悪いことではないけれど、今の二人の関係上、色々してもらうと恐縮してしまう。

蓮水にこれ以上、迷惑はかけたくない。

春人が悶々と考えていると、玄関の方から陽向の呼ぶ声が聞こえてきた。

「パパーっ、せんせー！　まだー？」

その声で我に返った春人は、鞄を抱えて廊下に飛び出す。

「お待たせ、陽向くん」

「おそいよ～。ちこくしちゃう」

「ごめんごめん」

すでに靴まで履いて準備万端な陽向に急かされ、春人も慌てて靴を履く。

するとと陽向がネクタイを指さし、こう言った。

「あ、それ、パパがえらんだのだ」

「うん、さっきもらったんだ」

春人の言葉に陽向はなぜか不満そうな顔をする。

「ぼくは、べつのがいいっていったのに、パパがこっちにするって、わがままいったんだよ。せんせいはおとこのこだから、ピンクよりあおのほうがいいのに」

陽向はプクッと頬を膨らませ、ネクタイ選びの時の様子を口にした。

親子で買い物に行った際に、選んでくれたらしい。

春人がしているネクタイは、ピンクにシルバーのドットが入った華やかな色合いのものだが、陽向はブルーを推《お》していたようだ。

陽向の言い方が面白く、春人はつい笑ってしまった。

「そっか、パパが我がままを言ったのか。青も好きだし、今度は陽向くんが選んでくれたのを買おうかな」

「うん、えらぶ！　でもね、せんせいはピンクもにあってるよ」

「そっか、ありがとう」

陽向と話していると、背後から蓮水の足音が聞こえてきた。

「楽しそうだな。なんの話をしてたんだ？」

「こんどはぼくが、せんせいのネクタイえらぶって、やくそくしてた。あおにするー」

「なら、濃い青じゃなくて、せめて水色にしてやれ。先生は青のネクタイはたくさん持ってるから」

「うん、わかったー」

蓮水と陽向が手を繋ぎ、三人揃って玄関を出る。

エレベーターに向かって歩き出したところで、ふいに陽向がこちらを振り返って自然に手を握られた。

当たり前のように繋いでくれた手が、とても嬉しい。

陽向が自分を受け入れてくれている証に思えて、きっかけは最悪だったけれど、春人は三人での生活を楽しいと感じ始めていた。

「ええっと、やっぱりこっちかな？　陽向くん、こっちを着て行こう」

「またきがえるのー？」

早く保育園に行きたい陽向は、何度も上着を脱いだり着たりさせられて面倒くさそうな顔をする。

「ごめん、これで最後だから。お着替え手伝うよ」

春人が手伝いを申し出ると、渋々ながらも陽向は薄手の上着を脱いでくれた。

春人は生地のしっかりした上着を着せてやりながら、自分はこんなに過保護だったのかと苦笑してしまう。

同居を始めて早くも二ヵ月が過ぎた。

季節はいつの間にか夏から秋に移ろい始め、肌寒いと感じる日も増えてきている。

過ごしやすい気温になったのはいいが、これから喘息発作が起きやすい時期になるから、陽向の体調が心配なのだ。

風邪をひくと喘息を誘発するため、春人は毎朝、保育園へ登園する前にどの上着を着せるべきか頭を悩ませている。

「朝と夕方は冷えるけど、日中はまだ暑いから悩むんだよなぁ」

身支度を終え、部屋を元気に飛び出していく陽向を見送りながら独り言をこぼすと、廊下を歩いてきた蓮水に聞きとがめられた。

「また陽向の上着を替えたのか？」

「はい。さっきのだと、薄すぎるかと思って」

「何度も着替えさせるほど服装に悩んでいるなら、何着か上着を持たせればいい。寒いと感じたら陽向が自分で着替えられるように」

なるほど、その手があったか。

春人はさっそく、先ほど脱がせた薄手の上着を陽向のリュックに入れた。

——これで安心だ。

ようやくホッと一息つくと、蓮水がふとこんなことを言ってきた。

「陽向の服装ばかり気にしてないで、先生も自分の格好をどうにかしたらどうだ？　いつまで半袖でいるつもりだ？」

「あはは、服を取りに戻るのが面倒で」

自分でも衣替えをしなくては、と思ってはいるのだ。

しかし、病院での仕事とクリニックでのバイトを終えると、自分のアパートに寄るのが面倒になってしまって、結局蓮水家に直帰してしまっている。

もう少し寒くなったら必要に迫られて取りに戻るだろう。

家の中は寒くないし、スーツも上着があるから寒さをしのげる。だから、もうしばらく夏服のままでいいかと思っていた。

横着《おうちゃく》しているのを知られ、気まずくて誤魔化し笑いすると、蓮水がこんなことを提案してきた。

「俺もそろそろ秋服を買いに行くつもりだった。ついでに買ってきてやろう」

「いえ、いいですっ。えーっと、今日の仕事帰りに取りに行ってきますっ」

蓮水にはこれまでにも色々と買ってもらっている。

同居を始める時に持ってきた荷物は大きめのスーツケースに余裕で収まる量だったのに、今はそれがパンパンになってしまうほどの量になっている。

自分で買い足してないから、増えた分は全部蓮水が買ってくれたものだ。

服や食器、他の細かい生活用品まで、いつの間に買ったのか、ふと気がつくと勝手に部屋に置いてある。

いくら自分で買うと言っても、その分を返済に回すように言うばかりで、お金を払ったことは一度もなかった。

家賃も光熱費も食費も払っていないのに、これ以上何かもらうわけにはいかない。

春人が必死に言い募ると、蓮水は念を押すように「本当だな？」と確認してきた。

「ええ。あの、だから今日は少し帰宅が遅くなります」

「ああ、そのくらいかまわない。夕食はどうする？　用意しておくか？　それともどこかで食べてくるか？」

「ついでに掃除もしたいので、時間がかかると思います。だから今日はどこかで適当に済ませてきます」

「わかった。陽向には俺から伝えておく。ゆっくりしてこい」

急に夜留守にすることになってしまったが、蓮水の仕事は大丈夫なのだろうか。

昼間来ている家政婦に残ってもらうのか、それとも蓮水が仕事を切り上げて陽向の面倒を見るのか？

今日とは言わず、蓮水の都合に合わせればよかった。

そう思ったが、アパートに行く日を遅らせると、きっと蓮水が春人の秋服を買ってきてしまうだろう。

——なるべく早く帰ってこよう。

頭の中で自然と蓮水家に『帰る』と表現していることに気づき、三人での生活にすっかり慣れている自分に気づき、少し面映《おもは》ゆくなった。

「持っていくものは、このくらいかな？」

仕事終わりに久しぶりにアパートを訪れた春人は、ボストンバッグに秋物と冬物の衣服を詰め部屋を見回す。

蓮水家での生活が日常になってしまっているので、ワンルームの自分のアパートがとても狭く感じる。

定期的にポストの確認には来ていたが、部屋の中には入っていなかったのだ。

「というか、結局夏服は蓮水さんの家に置きっぱなしだし、これで秋冬物まで持ち込んだら、この部屋に戻る時に大変になっちゃうな」

この調子で荷物を運び出したら、この部屋には大物家電と本くらいしか残らなくなってしまいそうだ。

これではどちらが自宅かわからない。

「あ、この時間なら駅前のクリーニング屋さん、ギリギリ間に合うかも」

まめなタイプではないので、思い立った時に一度に用事を済ませた方がいい。

春人は着ていたスーツを脱いで私服に着替え、クリーニングに出すものをまとめていく。

「蓮水さんの家に置いてあるスーツは、また後で出せばいいや。他に出す物は……、あれ？この上着、こんなところにあったのか」

蓮水家に住み込むために荷物をまとめた時、一着、上着が見つからないスーツがあった。

どこかに置き忘れたのかと思って、暑いしいいかと上着を着ずにいたのだが、なんとハンガーではなく引き出しに畳んでしまってあったのだ。

その時、きっとよほど疲れていたのだろう。

うっかりな自分に苦笑を漏らしつつ、ついでにクリーニングに出そうとポケットを探る。

たまに仕事のメモが出てきたりするので、ポケットだけはいつも入念にチェックするようにしていた。

「ん？　何これ？」

上着のポケットを探っていた時、指先に固いものが触れた。

いったいなんだろう、と訝《いぶか》しく思いながら取り出してみる。

「これ……っ」

春人は思わず息を飲む。

銀色の土台に透明な宝石がついた指輪。

立派なダイヤモンドのついたこの指輪は、間違いなく春人が失くしてしまったものだった。

「ポケットに、入っちゃってたのか」

そういえば、指輪を紛失した時に着ていたのはこのスーツだった。

その後すぐに上着が見当たらなくなって、だから指輪がポケットに入っていることに気づかなかったのだ。

「よ、よかった……っ」

安堵のあまりその場に崩れるように膝をつく。

——失くなってなかった。

三百万円もの高額な指輪が見つかり、心底ホッとした。

「早く蓮水さんに返さなきゃ」

スーツのクリーニングは後回しにして、一刻も早く蓮水に指輪を届けよう。

失くしたと思っていた指輪が見つかれば、蓮水も喜ぶはずだ。

——そうすれば、自分も弁償しなくてよくなるし……。

そこまで考えて、はたと動きを止める。

「そうか、指輪が見つかれば、もう僕は蓮水さんに弁償しなくてよくなるんだ……」

多額の弁償を免れるのは喜ばしいことだ。

確か残額は二百三十万前後。

それがなくなれば、気持ち的にもずいぶん楽になる。

——でも、蓮水さんと陽向くんと一緒にいられなくなる。

春人が蓮水家で生活していたのは、指輪の弁償をするため。

それがなくなれば、春人が蓮水親子と一緒に暮らす必要はなくなる。

これからはこのアパートでまた暮らせるようになり、時間を全て自分のために使うことが出来る。

ずっと、早く弁償金の支払いを終えたいと思っていた。

そのために、蓮水の提案を飲んで、仕事以外の時間を拘束されることを承諾したのだ。

全てお金のためだった。

それなのに、指輪を返して蓮水家で暮らせなくなるのは、嫌だと思ってしまった。

——せっかく仲良くなれたのに……。

陽向が自分に懐いてくれたのももちろん嬉しいが、蓮水とまるで友人のように普通に会話が出来るようになったことも嬉しかった。

もし、今すぐ指輪を返したら、蓮水はその場で春人を解放するだろう。

そしてその後は、何事もなかったかのように医師と患者、その家族、という関係に戻る。

——それが当たり前だよね。

いくら気心が知れたといっても、やっぱり自分たちの関係は友人とは呼べない。

お互いの目的が一致したから、一緒に生活しているだけ。

それだけの関係なのだから。

「……嫌だ」

シンと静まり返った室内に、春人の独り言が響く。

一度声に出してしまったら止められなくなって、その先も口からこぼれ出てしまった。

「まだ、一緒にいたい」

蓮水と陽向との生活を、失いたくない。

でも、こんなにも同居を解消することが嫌だと思っているのは、きっと自分だけだ。

そう思ったら、心臓がギュウッときつく締めつけられるような痛みを覚えた。

「痛っ……」

どうしたのだろう。

何かの病気かと思い、とりあえず手首に指を当て、脈拍を確認する。

脈拍は少し早いけれど、規則正しいリズムだった。

「疲れてるのかな？」

春人は心臓の拍動が落ち着くまで、少し部屋で休んでいくことにした。

安っぽいベッドに仰向けで寝転び、指輪をしげしげと観察する。

「こんなに小さいのに、三百万なんて」

自分には理解出来ない世界だ。

でも、蓮水はこういったジュエリーを取り扱う会社を経営しており、彼にはこの指輪の価値がわかっている。

蓮水はお金に困ってはいないだろうが、それでも三百万円もする指輪が戻ってくれば嬉しいだろう。

蓮水に指輪を返さないといけない。

その後のことは意識して考えないようにして、春人はアパートを出て蓮水家へと戻った。

渡されている合鍵で玄関を開け、中に入る。

物音に気づいた蓮水が書斎から出てきて、春人を見て眉を顰めた。

「荷物を取りに行ったんじゃないのか？」

「アパートには行きました。荷物もまとめたんですけど、その……」

指輪を返そうと決めたのに、蓮水を前にしたら言葉に詰まってしまった。

——指輪を返したら、それで終わりなんだ。

蓮水と陽向、そして春人は、以前の暮らしに戻ることになる。

もう二人と一緒にいられないと思ったら、どうしても指輪を見せることを躊躇《ためら》ってしまった。

「えっと、その、ですね……」

春人が葛藤《かっとう》からしどろもどろになっていると、蓮水は別の解釈をしたようだ。目を細め、柔らかな表情でこちらを見つめながら口を開く。

「なんだ、荷物を取りに行って、そのまま忘れて来たのか？　しっかりしてるようで、抜けてるな」

面白そうに口元をほころばせ笑う蓮水と目が合い、その瞬間、またあの動悸《どうき》に襲われた。

――胸が苦しい。

やっぱりどこかに異常があるのか？

こんなに胸が締めつけられるだなんて、ただ事ではない。

春人は胸を押さえ、深呼吸して動悸を静めようとした。

すると、様子がおかしいことに気づいた蓮水が、心配そうに声をかけてくる。

「おい、どうした？」

早口で尋ねながら、手のひらを額に押し当てられる。

ただ熱があるか確かめるための行動だとわかっているのに、ふいの接触に心臓がまた一つ大きな鼓動を刻んだ。

「熱はないようだが、どこが辛い？」

至近距離で顔を覗き込まれ、その時、春人は唐突にこの胸の痛みの原因がわかってしまった。

思い返せば、胸が苦しくなるのは決まって蓮水といる時か、彼のことを考えた時だった。

ただ傍にいるだけなら大丈夫だが、蓮水に優しくされたり笑いかけられたりした時に、心臓がざわめき出す。

職業柄、狭心症《きょうしんしょう》や心筋梗塞《しんきんこうそく》の予兆《よちょう》かと疑ってしまったが、なんてことはない、これはただ蓮水を好きになった故の苦しさだったのだ。

――僕は、蓮水さんのことが……。

いつの間にか春人は蓮水のことを、好きになっていた。

それは友情や尊敬、憧れではなく、恋愛感情の混じった好意で、春人自身も自覚がなかったので狼狽《うろた》えてしまう。

いつから彼をそういう対象として見ていたかわからない。

彼の意外な一面を目にし、優しくされるうちに、少しずつ惹かれていたのだろう。

だが、恋愛経験が乏しい上に、同性ということもあって、なかなかこの気持ちに気づけなかった。

けれど、気づいてしまった今、これからどうしたらいいのかという新たな悩みが生まれていた。

思い切って好きだと告白する？

いや、そんなこと出来るわけがない。

蓮水は亡くなった妻のことをまだ想っている。

蓮水ほどの男なら、四年の間に再婚の話もあったはずだ。それなのに、春人の知る限り蓮水に恋人はおらず、一人息子の陽向に全ての愛情を注いでいる。

——蓮水さんの心の中には、まだ奥さんがいるんだ。

そんな人に告白したって、上手くいくわけがない。

それどころか、自分たちは同性だから、蓮水に気持ち悪いと思われる可能性もある。

なら、もうこの恋は諦めよう。

一瞬そんな考えが浮かんだが、理性とは別のところで「それは嫌だ」と拒絶する声が聞こえてきた。

好きでい続けても、これから先、関係が進展することはないだろう。

かといって告白しても、拒絶されて終わる。

こんなに好きになったのは蓮水が初めてだというのに、もうすでにこの恋は実らないと決定しているようなものだった。

それでも、諦めるという選択肢を今は選ぶことが出来ない。

――だったら、離れるしかない。

物理的な距離が出来れば、そのうち自然と気持ちが風化するかもしれない。

消極的な方法だが、これが最善策だろう。

春人は震える指で、ポケットの中の指輪を握り締める。

――これを渡せば、望み通りになる。

弁償もしなくてよくなるから、蓮水との同居も解消され、往診の依頼があった時に顔を合わせる程度の関係に戻るだろう。

最初は辛いかもしれないが、そのうち忘れられる。

春人は自分に言い聞かせ、意を決して指輪を握り込んだ手をポケットから出した。

「蓮水さん、あの……、うわっ」

勇気を出して指輪のことを告げようとした時、それよりも早く蓮水が身を屈め、春人の身体を抱き上げた。

どうしてこんなことに、と春人が目を瞠ると、蓮水は廊下を進み春人の私室の扉を器用に開ける。

そしてベッドの上に春人を下ろし、フワリと毛布をかけてくれた。

「きっと過労だ。前も似たことがあっただろう？　先生は働き過ぎなんだ。ゆっくり休んで、それでもまだ具合が悪いようなら、病院に連れて行く」

陽向の看病で慣れているからか、蓮水は手際よく春人の介抱をし、部屋の照明を暗くする。

「書斎で仕事してるから、何かあれば遠慮なく呼べ」

蓮水はそれだけ告げ、ベッドサイドから離れようとした。

——言わなきゃっ。

春人は咄嗟に服を掴んで引き留める。

「ま、待ってくださいっ」

蓮水はこちらに向き直ってくれたが、春人はどうしても手の中にある指輪のことを言い出せない。

「なんだ?」

蓮水は怒るでもなく苛立つでもなく、春人が話し出すのを待ってくれる。

しかし、今言わなくちゃ、とわかっているのに、どうしても切り出せない。

——やっぱり、指輪は渡せない。

けれどそんなことをしたら蓮水を騙すことになる。

好きな人を騙すようなことはしたくない。

――でも、まだ一緒にいたい……。

自分勝手な理由だけど、今はまだ蓮水と陽向の傍にいたかった。

「っ……」

呼び止めておいて口を噤む春人に呆れてもいいはずなのに、蓮水は傍から離れず待っていてくれる。

やがてベッドに腰を下ろし、小さな子を寝かしつける時のように、胸の辺りをトントンと叩き出した。

――蓮水さんは、優しい。

元々の性格もあるのだろうが、こんなにも優しくしてくれるのは、きっと四年前の恩を返そうとしてくれているからだろう。

――だから弁償金の返済も甘くしてくれてるんだ。

普通に考えれば、三百万円もする高額な指輪を失くされたら、もっと強く弁償を求められるだろう。

だが、蓮水は破格のバイトを提示してくれた。

実質的には、完全に蓮水のマイナスになるというのに。

それもこれも全部、四年前の出来事があったからに違いない。

――だから、別に僕個人に、何か特別な感情を持ってくれているわけじゃないんだ。
そんなこと、わかっていた。
けれど、蓮水が優しいから、ほんの少し期待してしまっていたのだ。
――でも、それは自分の思い違いだった。
今、こうして傍につき添ってくれているのも、昔の恩を返したいだけ。
――わかってるのに、どうしても離れたくない。
今の関係を壊したくないと、願ってしまう。
ふいに涙がこみ上げてきて、春人はギュッと目をつぶる。
すると蓮水に頭をそうっと撫でられた。
「眠るまで傍にいる。安心して休め」
どうやら、体調を崩して心細くなっていると思われたようだ。
子供みたいで恥ずかしかったが、本当のことを知られるよりずっとましだ。
それに、そういうことにしておけば蓮水は傍にいてくれる。
彼の善意につけ込むなんてずるい。
でも、この幸せな時間をもう少しだけ味わいたかった。
――蓮水さん……。

この想いは、口にしてはいけない。

だから心の中でだけ、何度も何度も「好きです」と繰り返した。


外で元気に走り回る陽向を眺めながら、春人は自然に笑みをこぼす。

――陽向くんは公園が大好きなんだな。

今日は日曜日で、保育園はお休み。

いつもなら蓮水も休日のはずだが、どうしても外せない商談があるらしく、午前中だけ陽向の面倒を頼まれたのだ。

幸い春人も大学病院での仕事は休みで、バイトも夕方からだから快く引き受け、こうして近所の公園に二人で遊びに来ていた。

――思い切って外に連れて来てあげてよかった。

いつもは出勤前と仕事が終わった後にしか相手をしてあげられなかったから知らなかったが、陽向はとても活発な男の子だった。

公園で楽しそうに遊ぶ陽向を見て、春人は少し反省する。

実は、公園に行きたいと陽向が言い出した時、少し渋ってしまった。

十月も中旬を過ぎ、日に日に気温が下がってきているため、喘息の発作が起きやすい。

陽向の病状は落ち着いているが、いつまた発作を起こすかわからなくて心配だったのだ。

公園に着いてすぐは、体調が悪くならないか不安で陽向の後ろをくっついて回っていた。

しかし、日頃遊具で遊んでいる陽向と比べて、運動らしい運動をしていない春人は体力がなく、すぐについていけなくなってこうしてベンチに座って見守っている。

「あ、ちゃんと滑り台に並んでる。皆と仲良く遊べて偉いな、陽向くん」

陽向より小さな子がノロノロと滑り台の階段を登っていても、急《せ》かすことなく待ってあげている。

ちょっとしたことだが、大切なルールだ。

それを守れる陽向を誇らしく思った。

陽向は特に滑り台が好きなようで、何度も何度も登っては滑って、を繰り返す。

春人がそれを微笑ましく眺めていると、ふいにジャケットのポケットに入れていたスマートフォンが鳴り出した。

病院からかと急いで通知を確認すると、そこには『蓮水』と名前が表示されている。

蓮水が電話をかけてくるなんて珍しい。

同居するようになってから、初めてかもしれない。

だからこそ、何かあったのかと心配になってしまう。

「はい、橘です。どうしました？」

『今どこにいる？』

「マンションの近くの公園です」

するとと蓮水が電話口の向こうで、わずかに躊躇ったような気配が伝わってきた。

「何かあったんですか？　急用ですか？」

『……実は、仕事で必要な書類を書斎に置き忘れてしまったんだ。今から取りに戻る時間はない。届けてくれると助かるんだが』

「もちろん、行きます。どこに持って行けばいいですか？」

春人が即答すると、蓮水は自身がオーナーを務めるジュエリーショップの店名と住所を告げてくる。

春人はそれを記憶し通話を切ると、すぐさま陽向を大声で呼んだ。

「陽向くーん！　こっちに戻って来て！」

声が聞こえたようで、滑り台のてっぺんに立った陽向が大急ぎで滑ってこちらに駆けて来た。

「どうしたの、せんせい? まだあそびたいのに」

「今、パパから電話があって頼まれたんだ。忘れ物を急いで届けてほしいって。一緒に来てもらえる?」

大好きなパパからの頼み事と聞き、陽向は大きく頷いた。

「うん! パパにとどける!」

「よし、じゃあ、まずはパパの仕事部屋に行って、忘れ物を見つけよう」

陽向と手を繋ぎ、急ぎ足でマンションに戻る。

どんな書類かわからないからすぐに見つけられるか心配だったが、蓮水の書斎はきちんと整理整頓されており、デスクの上にポツンと放置されている書類がそれだと一目でわかった。

書類を手に、再び外に出てタクシーに乗り込み、二十分経った頃に一等地に建つ店舗の前に到着した。

「うわ、こんなに大きいお店だったんだ」

初めて訪れた蓮水が経営する宝石店は、春人が想像していたよりも何倍も敷地面積が広く、また、外観も洒落ていた。

さらに、取り扱っているのが高価なジュエリーだから、警備員が出入口に立って周囲に目を光らせている。

――こんな機会でもなければ、店内に入る勇気が出なかったな。

外観からすでに漂う高級店の雰囲気に気後れしつつ、陽向の手を引いて入口に近づく。

春人たちが入口のガラス扉の前にたどり着くと、警備員がドアを開けてくれた。

どんな反応をするのが正解かわからず、ペコリと頭を下げて素早く店内に入る。

――うっ、すごい場違い感……。

外観も立派だったが、店内はそれを凌《しの》ぐ高級感のある内装で、こんなところに来るにはふさわしくない格好をしている自分が、少し恥ずかしくなってくる。

足元は濃いブルーを基調とした絨毯が敷き詰められ、ゆったりと商品を見て回れるように通路は広く取られている。取り扱うジュエリーの種類によってエリアを分けているようで、たくさんのショーケースが並んでおり、それに合わせて店員の人数も多い印象だった。

春人は書類を抱きかかえ、店内をキョロキョロ見回し蓮水の姿を探すが、表には出ていないようだ。

春人は一番近くの売り場に立っている店員に声をかけ、蓮水に書類を渡すようお願いする。

呼び出してもらうことも考えたが、仕事の手を止めさせてまで直接届ける必要はないだろう。

店員は春人の話を聞き、すぐに確認を取ってくれた。受け取るよう指示されたようで、無事に書類を預けることが出来た。

「陽向くん、じゃあ帰ろうか」

「パパは？　パパいないよ？」

陽向は蓮水に会えると期待していたようだ。

このまま帰ると聞いて、残念そうな顔をする。

「パパはお仕事中だから、これで帰ろう。帰ってきたらきっとパパが『ありがとう』って言ってくれるよ」

「……うん、わかった」

完全に納得してはいない顔をしていたが、パパのお仕事を邪魔しちゃいけないと幼いながらに聞き分けてくれた。

でも、陽向が我慢する姿を見て、胸が詰まってしまう。

「陽向くん、少し寄り道して帰る？」

「どこに？」

「さっき本屋さんを見つけたんだ。絵本を見ていかない？　お手伝いをよくしてくれるお礼に、好きなのを買ってあげる」

絵本好きの陽向は表情をパッと明るくする。

「いいの!?　ありがとう、せんせい」

「うん。気に入る絵本が見つかるといいね」

笑顔になってくれたことに安堵しつつ、陽向の手を引いて店を出ようとした。

すると、背後から先ほどの店員に呼び止められる。

「お客様、お待ちいただけますか?」

「はい、なんでしょうか」

「オーナーの蓮水から再度連絡がありまして、お時間に余裕がおありでしたら少しお待ちいただけないかと伝言を賜《うけたまわ》っております」

何か他にも用があるのだろうか。

なんの用かはわからないが、少し待てば蓮水に会えるかもしれない。

春人は陽向にどうするか聞き、待つことにした。

てっきりこのフロアで適当に時間を潰して待てばいいと思っていたが、店員は春人と陽向を別のフロアへと案内してくれる。

店舗の奥へ進み、一つドアをくぐるとそこにエレベーターがあった。

それに乗って二階へたどり着くと、応接間のような一室に通される。

「こちらでお待ちくださいませ。お飲み物をご用意してまいります」

「は、はい。すみません」

丁寧な対応に慣れてなくて、春人はギクシャクしてしまう。

店員が退室してから、春人は改めて室内を見渡した。

広さはおおよそ二十畳ほどだろうか。

中央にローテーブルとそれを挟むようにソファが置かれ、壁際には大きな姿見とキャビネット、隅に観葉植物が置かれている。

家具がとても少ないから、室内がさらに広々として見えた。

「せんせい、ここでまってればパパくるの？」

「たぶんそうだと思う。だから大人しく座って待ってようね」

「はーい」

パパに会えると聞き、陽向はお行儀よくソファにチョコンと座る。

しばらくして先ほどの店員が飲み物を運んできてくれた。

春人には紅茶で、陽向にはリンゴジュースだ。

再び二人きりになり、陽向はすぐにジュースに手を伸ばす。

半分ほど一気に飲み、それを見て喉が渇いていたのだと気づく。

公園で遊び、休憩を取らずにそのまま連れて来てしまったから、水分補給させていなかった。申し訳ないことをした。

「ねぇ、せんせい、ほんやさんはいく？」

おずおずと陽向が聞いてきて、春人は即座に頷き返す。

「うん、ちゃんと行くよ？　この後に行こうね」

「やったー！　あのね、ぼく、すきなえほんがふえたんだ」

「へえ、なんていう絵本？　僕も知ってる本かな？」

「んっとね、『ちいさなもりのクッキーやさん』っていうほんだよ」

陽向は保育園の先生に読み聞かせてもらってから好きになったという絵本を、一生懸命説明してくれる。

子供のあらすじ説明だからたどたどしいけれど、真剣な表情で春人に話してくれる姿に愛《いと》おしさがこみ上げてきた。

――可愛いなあ。

一緒にいる時間が長いからだろうか。

毎日たくさん会う子供たちの中でも、陽向は特別可愛いと感じる。

春人はニコニコしながら陽向の話に耳を傾け、そうしているうちにけっこうな時間が過ぎていたようだ。

ノックの音が聞こえた直後にドアが開き、蓮水が姿を現した。

「あ、パパ～！」

陽向がすぐに気づき、ソファから飛び降りて一目散《いちもくさん》に駆けて行く。

それを抱き留め、蓮水が表情を緩める。

「陽向、待たせたな」

「パパ～」

やっと会えたパパに、陽向は思い切り抱きつきぺったりくっついて甘える。

――よかった、会えて。

陽向の嬉しそうな様子を見て、春人も顔をほころばせる。

蓮水は陽向を抱き上げると、こちらへ視線を向けてきた。

「悪かったな、急にここまで来させてしまって」

「いえ、全然平気です。書類はあれでよかったですか？」

「ああ。助かった。ありがとう」

蓮水に礼を言われ、ドキリと胸が高鳴る。

たったこれだけのことで、身体がフワリと浮き上がりそうなくらい嬉しくなってしまう。

——変な態度を取らないようにしないと。

春人はさり気なく視線を外し、話題を変える。

「蓮水さんのお店、どんなところかなって気になってたので、来られてよかったです。他の店舗もこういう感じなんですか？」

「ここが一番売り場面積が広いが、内装は似たコンセプトでまとめてるな。商品を見て回ったか？」

「いいえ、あげる相手もいませんから」

春人が自嘲気味に笑うと、蓮水が予想外の言葉を発した。

「ならこれから見に行こう。男性用のアクセサリーも置いてある」

「え、でも……」

正直、宝石を見ても綺麗だとは思うが欲しいとまでは思わない。というか、もし欲しくなっても、奨学金と弁償金の支払いを抱えている身には分不相応だ。

買う気もないのに案内してもらっては、多忙な蓮水の大事な時間を無駄にしてしまう。

「いいです、欲しくなっても買えないですし」

「見るくらいいいだろ？　装飾品に興味のない者の意見も聞きたい。今後の商品展開を考える上で、何かヒントを得られるかもしれないからな」

そう言われてしまうと断り切れない。

結局、蓮水に店内を案内してもらうことになった。

一階のフロアに戻り、メンズ用アクセサリーが置かれているショーケースに向かう。

売り場まで向かう道中、チラチラと控えめな視線をいくつも感じ、春人は怪訝《けげん》に思って周囲を窺う。

意外なことに、視線を送って来たのは売り場の店員たちで、特に女性店員が蓮水を目で追っていた。

雇い主の蓮水とは何度も顔を合わせたことがあるだろうにどうして、と思ったが、すぐに理由が判明した。

——蓮水さん、陽向くんを抱っこしたままだ。

春人からすれば家で見慣れた光景のため、なんの違和感も覚えなかったが、ここは蓮水の仕事場だ。

オーナーが子供を抱いて売り場を歩いていたら、人目を引くだろう。

「蓮水さん、僕が陽向くんを抱っこします」

春人は慌てて抱っこを代わろうとしたが、蓮水は周囲の視線を集めていることに気づい

ていないのか断ってきた。

陽向も「パパがいい」というので、抱っこの交代を強く言えなくなってしまう。

——いいのかな？　すごい目立ってるけど。

春人が気をもんでいる間に、目的のショーケースにたどり着く。

「せっかくだから近くで見てみろ」

「は、はい」

ジュエリーなんてよくわからない。

だから蓮水の仕事の参考になる意見なんて言えるか自信がなかったが、せっかく案内してくれたのだから精一杯頑張らなくては。

「どうだ？」

「えっと……」

ショーケース内にはズラリとアクセサリーが並べられている。

金やプラチナ製の指輪やネックレス、ピアスがたくさん置かれ、中には宝石が埋め込まれているものもあった。デザインも凝ったものからシンプルなものまで多岐に渡っている。

ショーケースにはライトが内蔵されているようで、ジュエリーが光を受けてキラキラと輝き、眩しく感じた。

春人はもう世界が違いすぎて、何がなんだかわからなくなってしまい、全く参考にならない意見を口にする。

「全部キラキラしてますね。綺麗です」

言った後で変なことを口にしてしまったと気づき、赤くなる。

――うう……。蓮水さん、絶対僕に聞くんじゃなかったって呆れてる。

春人は自分を責めたくなったが、正面に立っていた店員はにこやかな笑みを浮かべ「ありがとうございます」と言ってくれた。

「それで、どれか気になるものはあるか？」

「え？　ええっと、うーん……」

頑張って検討してみたが、自分にはどれも似合いそうになく、選べなかった。

「すみません、僕にはわからなくて。あの、僕は職業柄、アクセサリーはつけないから、僕に聞いても何も参考にならないと思います。すみません」

これ以上、自分のために時間を取らせるわけにはいかず、正直に打ち明ける。

すると蓮水は特に気分を悪くした様子もなく、むしろ納得したように頷いた。

「そうか、職業を考えればここのアクセサリーはつけられないか。先生にはこっちだな」

そう言って隣のコーナーに連れて行かれる。

そこにも同じようにショーケースが置かれていたが、展示されていたのは仕事で使うようなものだった。

ネクタイピンやカフスを始め、宝石のついたボールペンやマネークリップなどの小物類が取り揃えられている。

「実用性のあるものばかりだから、この中なら気に入るものがあるだろう」

――実用性があるって言っても、こんな高級品、僕は日常使い出来ないよ。

内心で呟きつつ、とりあえず見せてもらう。

「あ、これ、このネクタイピンは地味でいいです」

宝石店で『地味』はよくない表現だ。

しかし当の春人は自身の失言に気づかず、マット加工が施されたホワイトゴールドのシンプルなネクタイピンを指さした。

「どうしてこれを?」

「えっと、仕事でつけていても、変に目立たないかなって思って……。僕はいいスーツを持ってないので、キラキラし過ぎたものだと浮いちゃう気がしたんです。普段使いも出来るけど、物がいいからちゃんとした場にもつけて行けますし。あ、僕の場合は、ですけど」

他の華やかなネクタイピンだと、かえってスーツの粗末さを引き立ててしまう気がした。

だが、理由を言った後で、いい歳して安物を着ているのは自分だけかも、と思い言葉尻が小さくなっていく。

「すみません、あまりお役に立てなくて」

「いや、十分だ。先生の言う通り、着ているスーツとのバランスが重要だ。あまり余裕のない若年層向けに、こういったデザインのネクタイピンやカフスを増やすのもいいかもしれない。検討する価値はある」

そう言ってもらえ、春人は緊張で強張っていた身体から力を抜く。

——少しは参考になったかな？

これまで蓮水にはしてもらってばかりだから、少しでも力になれたのなら嬉しい。

春人は無意識に笑みを浮かべた。

「それならよかったです」

ニコリと笑いかけると、蓮水が一拍間を置き、不自然に目を逸らしたような気がした。

怪訝に思ったが、こんなに人目のある場所であれこれ聞くわけにもいかない。

「それで、この後はどうするんだ？」

蓮水の質問に、春人より先に陽向が答える。

「ほんやさんにいくー」

「店の近くのところか？」

「うん。そこで、せんせいと、えほんをえらぶんだーっ」

蓮水はワクワクしている陽向を見て、わずかに目じりを下げる。

「そうか、よかったな」

蓮水は陽向の頭を撫で、春人を振り返る。

「先生、本屋で待っていてくれるか？　俺もあと少しで仕事が終わる。ついでに食事でもして帰ろう」

「ごはーんっ。たべる～」

またしても陽向が先に返事した。

春人は素直な反応を見せる陽向を可愛いと思いながら、頷いた。

「わかりました。ゆっくり絵本を選んで待ってます。あまり急がなくていいですよ」

本屋で待ち合わせすることに決め、春人と陽向は先に店を後にした。

歩いて五分ほどのところにある大きな本屋に入ると、陽向は目を輝かせてソワソワし始める。

「せんせい、これ、ぜんぶえほん？」

「えっと、この辺りが絵本コーナーみたいだね。あっちの方は大人が読む本だよ」

「ほいくえんより、いっぱいほんがある！」

陽向ははしゃいでいるが、興奮して大きな声を出してしまった。

春人は慌てて指を立て、シーッとする。

ジェスチャーが通じたようで、陽向はサッと自分の口元を両手で覆った。

「本屋さんでは静かにね。走るのも駄目だよ。お約束出来るかな？」

「やふそふ、ふるー」

口を手で押さえたまま、モゴモゴしながら「約束する」と言ってくれる。

——可愛い。

そんな仕草にも笑みを誘われる。

陽向はきちんと約束を守り、大人しく絵本コーナーを物色し始めた。

「せんせい、これ、なんてかいてあるー？」

「どれどれ？『こんちゅうくん』だって。虫の本かな？」

「じゃあ、こっちは？」

「『みかんのぼうけん』」

陽向はまだしっかりひらがなを読めないため、表紙の絵を見て気になった本を手に取り、タイトルを聞いてくる。その声はちゃんとヒソヒソ声だ。

「うーん、これか、これがいい」

じっくり吟味し、陽向は二冊の絵本を手に取った。

そこからまた、どちらの絵本にするか、真剣な顔で悩み始める。

眉を寄せて考え込む顔は、父親の蓮水に似ている。

——親子だなあ。

春人はなんだか微笑ましい気持ちになって、こう言っていた。

「二冊とも買うよ」

「いいの？」

「うん。今日、陽向くんがとってもいい子で、僕も助かったから」

「せんせー、ありがと〜っ」

よほど嬉しかったようで、力いっぱい陽向が抱きついてきた。

まさかこんな反応をされると思わず、驚きつつもクスリと笑ってしまう。

「ほら、レジ行こう。パパももうすぐ来ると思うから」

「ありがとう、せんせい。だいじにするからね」

陽向は繰り返しお礼を言ってきて、こんな反応をされるのなら絵本をいくらでも買ってあげたくなってしまう。陽向限定で財布の紐がどんどん緩んでいきそうだ。

陽向と手を繋ぎ、本屋を出る。

周りを見渡したが、まだ蓮水は到着していないようだ。

「パパは？」

「まだお仕事中かな。もう少し待ってれば来ると思うよ。待てる？」

「ん」

陽向はコックリ頷く。

本屋の外、通行の邪魔にならない場所に移動する。

「そろそろお昼の時間だね。お腹空いたなぁ。陽向くんはどう？」

「ぼくもすいたー。でも、まだがまんできる」

二人で蓮水が到着するのを今か今かと待つ。

「あ、陽向くん、絵本僕が持つよ」

ふと見たら絵本が入った紙袋が重そうだったので、手を差し出す。

「ううん、いい。ぼくのだから、ぼくがもつ」

陽向がキュッと胸に抱く腕の力を強め、フルフル頭を振ってくる。

ちょうどその時だった。

「あ、パパー！　ここだよー！」

陽向がこちらに向かって歩いてくる蓮水を発見し、大きな声で呼びかけた。

蓮水は苦笑しながら、歩調を速める。

「待たせたな」

「パパ、みて！　せんせいが二つもかってくれたよ」

絵本の入った紙袋を頭上に掲げ、蓮水に報告する。

「いい絵本が見つかったのか？」

「うんっ。おうちにかえったら、パパにもみせてあげるからね！」

陽向はニコッと満面の笑みになる。

蓮水も父親の顔になり、喜ぶ息子の頭を優しく撫でた。

「パパ、ごはんは？」

「陽向はパスタが好きだろう？　本屋の隣のビルに、パスタ屋が入ってるんだ。そこに行こう」

「パスタ、だーいすき」

陽向がピョンピョン飛び跳ねる。

それを軽く制止し、蓮水が尋ねてきた。

「先生もそこでいいか？」

「はい、なんでも」

そう答えると、蓮水の案内で件《くだん》のパスタ屋に向かった。

――へえ、お洒落なビルだな。わっ、エレベーターもなんか豪華だ。

長年、都内に住んでいるが、この近辺には来たことがない。だから見るもの全てが新鮮で、何を見ても感心してしまう。

来たことがない理由は、単純にこの辺りは高級店ばかり、というイメージがあったため、庶民の春人には敷居が高かったのだ。

蓮水おすすめのパスタ屋はビルの三階にあり、パッと見た印象は古きよき喫茶店といった感じで、思わず長居したくなるような落ち着ける雰囲気だった。

――へえ、いいな、このお店。

もし近くにあったら常連になっていたかもしれない。

春人は席に案内された時までは、そんな風に考えていた。

ところが、メニューを開き料理の隣に書かれている金額を見て、眩暈《めまい》がしそうになる。

――う、そ……。

高い。

とても高い。

一番安いナポリタンでも三千円もする。

いったいなぜこんなにも高いのだろう。

春人は気が遠くなりかけたが、今度は財布の中身が気になってソワソワしてしまう。

けれど、今この場で財布を開けて残金を数えるのはさすがにみっともない。

先ほど絵本を買う時に、中を見たはず。いくら入っていただろうか……。

片手で頭を押さえながら難しい顔で記憶を辿っていると、蓮水に怪訝そうに声をかけられる。

「頭でも痛いのか？」

「い、いえ、違います。大丈夫で……」

反射的に答え、ハッと思い出した。

財布の中の残金は、三千円もなかった気がする。

――足りない。

でも、食事は出来なくてもコーヒーなら飲める。

「パパ、ぼくのごはんある？」

「お子様プレートがあるな。ほら、これならパスタにプリン、ジュースもついてる」

「じゃあ、それにするー。せんせいは？」

「えっと、そうだなぁ、あんまりお腹空いてないから、飲み物だけにしようかな」

春人がそう言うと、陽向が不思議そうな顔で指摘してきた。

「でも、さっき、おなかすいたっていってたよ？」

「うっ……、うーん、えー、そうだっけ？」

「そうだよ、ぼくきいたもん」

そうだ、蓮水を待つ間に、そんな会話をしていた。

陽向はしっかり覚えていたようで、一気に窮地《きゅうち》に立たされてしまった。

蓮水も陽向も春人の返答を待っていて、もう諦めて腹を括《くく》る。

だが、どうしてもこんな情けない話を陽向に聞かれたくなくて、春人は正面に座る蓮水の腕をチョンと触り、身を乗り出してこっそり打ち明けた。

「蓮水さん、すみません。急だったもので、持ち合わせがなくて……」

まさか社会人にもなって、食事代が払えないほど所持金がないとは思わなかったのだろう。

蓮水は「は？」と言ってこちらを見やる。

いたたまれない気持ちで、恥を忍んでお願いした。

「なので、すみませんが、この場は支払ってもらってもいいですか？　ここを出たらすぐ

ＡＴＭで下ろしてきます」

――うう、恥ずかしい。

春人が羞恥で赤くなると、蓮水が口元を覆い、肩を揺らした。

どうしたのかと思ったら、どうやら笑い声を押し殺しているみたいだ。

「ふっ、……先生、本当に真面目だな。元からここは俺が支払うつもりだった。余計なことは気にせず、好きなものを頼めばいい」

「で、でも」

「これは今日の礼だ。シッター業務に含まれない届け物をしてもらったし、陽向にも絵本を買ってくれた。食事くらい奢《おご》らせてくれ。店までのタクシー代も後で渡す」

そんなに大したことをしたわけではないのに、いいのだろうか。

でも、現実問題、春人の残金では食事代が払えない。ここで見栄を張って断ることも出来ないから、今回は蓮水の好意に甘えるしかない。

「あの、ありがとうございます」

春人が深々と頭を下げると、また蓮水に笑われた。

「なんで先生が礼を言うんだ？　感謝しなきゃいけないのは俺の方なのに。ほら、この話はもう終わりだ、早く注文を決めろ。陽向が腹を空かせてるんだから」

蓮水は上機嫌で、春人の前に置かれたメニューを指で示す。

春人は急いで注文を決め、その後は三人でそれぞれ料理を堪能し、満腹になって店を後にした。

近くのパーキングに停めてある蓮水の車に乗り、三人で帰路につく。

車に乗って五分もしないうちに陽向が眠り始め、春人はずり落ちそうになっている絵本を手に取った。

帰ったらきっと、蓮水と一緒にこの絵本を開くのだろう。

二人でくっついて絵本を読んでいる姿を想像し、笑みがこぼれる。

「ああ、そうだ。これを受け取ってくれ」

赤信号で停車した時、蓮水が助手席に置いていた小さな紙袋を渡してきた。

受け取ってロゴを確認すると、蓮水の店のものだった。

「これは？」

「中にタクシー代が入ってる。もう一つはおまけだ」

袋の中には封筒と、小さな箱が入っていた。

封筒にはタクシー代が入っているのだろうが、この箱の中身はなんだろう？

――あ、お菓子かな？

大きさ的にちょっとしたお菓子だと思い、気構えずにその場で開けてみる。陽向が好きそうなお菓子だったら、午後のおやつに一緒に食べよう。

ところが、箱を開けると、中からまたボックスが出てきた。

変わった箱に入ったお菓子だな、と思い、それをパカリと開く。

「え、これ……」

ボックスに入っていたものを見、一目でそれが何かわかった。

お菓子じゃない。

銀色の細いピンは、蓮水の店で春人が唯一目を引かれたネクタイピンだった。

「え、え？　なんで？　蓮水さん、中身間違って渡しちゃってます。お菓子じゃなくて、ネクタイピンが入ってました」

「俺は菓子が入ってるなんて一言も言ってないだろ？　それで合ってる」

「ええっ、な、ど、どうしてこれを？」

混乱して言葉がスムーズに出て来ない。

一人でワタワタしている春人をバックミラーで確認し、蓮水が前方を見つめたまま言った。

「それも礼だ。というか、モニターの謝礼か。実際にそのネクタイピンを使ってみての感想を、後で教えてくれ」

「モ、モニター？」

そういうのがあるのだろうか？

今日初めて宝石店というものに入った春人には、よくわからなかった。

──でも、そういえばお店でも意見を聞きたいって言ってた。

このネクタイピンを使って、その感想を伝えることが蓮水の仕事に役立つのなら、そのくらい引き受けよう。

春人はそう結論を出し、生真面目な顔でしっかりと頷く。

「わかりました。責任を持ってモニターを務めさせていただきます」

すると運転席の蓮水が突然噴き出す。

「先生は、信じられないくらい素直だな」

「え？　そうですか？」

笑いを治めるために咳払いした蓮水と、ミラー越しに目が合った。

「だから、俺みたいな人間につけ込まれるんだ」

「え、なんです？」

──俺みたいな？　つけ込まれる？

不穏な単語が聞こえた気がするが、自分の聞き間違いだろうか。

「なんでもない。ところで、そのネクタイピン、モニターをしてくれる礼として先生にやる。だから雑に扱ってくれていい」

「はい、わかりました」

蓮水にはそう言われたけれど、高価なものだから乱暴には扱えない。かといって、箱にしまったままだとモニターの役割を果たせないから、失くさないように注意して使おう。

その時、春人の脳裏にあの指輪が思い浮かんだ。

――あの指輪も、本来なら誰かに大切に使ってもらえたんだよな。

紛失したと蓮水が思っている指輪は、今、蓮水家の春人の部屋に保管してある。

本当に失くしたら大変だから、クローゼットに置いてあるスーツケースに入れている。

早く返さないと、と何度も思った。

けれど、今の生活が幸せで、まだ決心がつかずにいる。

指輪を隠して、蓮水を騙して傍にいるだなんて、卑怯《ひきょう》だと思う。

だから蓮水に優しくされるたびに、とてつもない罪悪感にかられる。

毎日、今日こそは指輪を返そうと思うのに、どうしても出来ない。

少しでも長く、二人と一緒にいたいと思ってしまう。
——だけど、弁償金を支払い終わったら、どっちみち僕は出て行かなくちゃいけない。
このままだと、来年には払い終える。
おそらく次の花火大会は、一緒に見られないだろう。
指輪を返さなくとも、弁償金を払い終われば結局結末は同じ。
それなら蓮水のために、早く返すべきだ。
——それに、このままだとまずい。
一緒に過ごす時間が長くなればなるほど、蓮水のことを好きになっていく気がする。
一日を追うごとに、離れがたくなっている。
なら、完全に蓮水から離れられなくなる前に、終わらせるべきではないだろうか。
春人は胸の痛みを逃がすために、ひっそりと息を吐き出す。
二人と暮らせなくなるのは寂しいし悲しいけれど、今日こそは指輪を返そう。
そして、この同居生活を終わりにする。
今ならまだ、距離を置けば蓮水のことを忘れられる気がした。
春人はようやく決心を固めたが、ちっとも晴れやかな気持ちになれない。
苦しさに顔を歪め、陽向が絵本を宝物のように抱きしめていたのと同じように、春人も紙袋をそっと胸に抱き込んだ。


「はあ……。あと二日か」

知らず知らずのうちに、口からため息がこぼれる。

まだ誰も出勤していない病院の医局で診察の準備を整えながら、春人は独り言を呟いた。

指輪を返すと決めた日から、すでに六日が経過している。

あの日、マンションに帰り着くなりすぐに指輪を返そうとした。

けれど、たとえ半日でも三人の休みが重なることなど滅多にないため、陽向がすごく嬉しそうにしていたから空気を壊したくなくて、その日は断念する他なかった。

その翌日も返そうとしたのだが、出勤の支度中にネクタイピンを留めた時に、蓮水にモニターを頼まれていたことを思い出したのだ。

同居を解消する前に、モニターの役割を終わらせないといけない。

蓮水は特に期間を設けていなかった。

だから春人は、とりあえず一週間使って、使用感を伝えてから指輪を返すことにしたのだ。

そして今日がネクタイピンを使い始めて五日目。

蓮水親子と共にいられるのは、あと二日しかない。

自分で決めた期限だけれど、その日が近づくにつれ、どうしても気分が落ち込んでしまう。

一昨日から特にそれが顕著《けんちょ》になり、陽向にも元気がないと言われてしまった。

さらに陽向が蓮水に春人の様子を伝えてしまい、二人に心配されてしまったのだ。

それからというもの、なんとなく陽向が気を使っているような気がする。

子供は敏感だから、何か不穏な気配を感じ取っているのかもしれない。

――陽向くんは、僕がいなくなったらどう思うかな……。

懐いてくれているから、悲しませてしまう気がする。

泣いてしまうかもしれない。

陽向が泣いている姿を想像し、胸が痛くなった。

春人が沈鬱な顔でロッカーを閉め、また一つため息をついた時、医局のドアが開き、張りのある声が聞こえてきた。

「失礼します。……って、まだ誰もいないのか」

声の主は、ドアから死角になるロッカーの前にいる春人には気づかなかったようで、残念そうな声を上げた。

——あれ、この声は……。

春人は聞き慣れた声色に、まさか、と思いつつドアの方へ向かう。

「やっぱり、大沼先輩だ」

「お、橘。いたのか」

春人を認め、大沼はニカッと歯を見せて笑った。

「どうしたんですか？　何か用ですか？」

「今度往診に行くことになった患者さんが、ここに入院してるんだ。一度顔を合わせておこうと思ってさ。それと、タイミングが合えば、直接主治医から病状を聞ければと思ったんだ」

大沼も二年前までこの病院の小児科医局に所属していた。

腕もよく、気さくな性格で、患者さんにもその家族にも人気があった。

指導医ではなかったけれど新人の春人のことを何かと気にかけてくれ、頼りになる先輩だったのだ。

ところが、大沼はいきなり医局を辞めていった。

往診専門のクリニックを開業すると言って。

元々、大学病院で一通りの経験を積んだら開業するつもりだったらしい。

突然、退職を告げられ当時は驚いたし心細かったけれど、その後クリニックのバイトに呼んでもらえ、大沼との関係は今も続いている。

だから大沼にとってこの医局は古巣であり、気軽に訪ねて来たようだ。

「患者さんのお名前は？　誰が主治医かわかります？」

「岸田《きしだ》和希《かずき》くんだ。もうすぐ退院になる。主治医は内藤《ないとう》先生」

「あ、わかります。一型糖尿病の子ですよね？　僕の担当患者さんと同室なので、話したことあります。我慢強い子ですよ。まだ二歳なのに、インスリン注射も必要なことだって理解してくれて、毎食前の注射も素直に受けてくれてます。ただ、内藤先生は今日はお休みなんですよ」

「あー、そうなのか。じゃあ病状説明は書面でもらうか。後で病室まで案内してもらえるか？」

春人は快諾《かいだく》し、これからちょうど朝の回診に行くところだったから、と大沼と共に小児科病棟へ向かうことになった。

廊下を並んで歩きながら、大沼が懐かしそうにあちこちに視線を動かしながら言った。

挨拶した。

「先輩が辞めてまだ二年ですから。そんなに変わったところはないですよ」

雑談を交わしながら病棟に着き、退院後に往診予定の和希とつき添いの母親に二人で挨拶した。

大沼は和希と打ち解けるために簡単な手品をして見せ、それが功を奏してすぐに心を開いてくれた。

大沼とは病室の前で別れ、春人は自分の担当患者さんの元へ向かう。

皆朝から元気いっぱいで、春人の心を和ませてくれる。

子供たちから元気をもらい、春人の身も引き締まった。

ここでは自分は小児科医。

沈んだ顔なんて見せてはいけない。

春人が気持ちを切り替え、医局へ戻ろうと廊下を歩いていると、エレベーターの前で大沼の姿を見つけた。

「あれ？　まだいたんですか？」

「ちょっと気になることがあってな」

「え、何かありましたか？　和希くんに何か？」

大沼は勘がいい。

ちょっとした違和感を見逃さない。

和希に何か気になることでもあったのかと思った。

しかし大沼は顔の前で手を振り、「患者さんのことじゃない」と返してくる。

「橘のことが気になったんだ。昨日、バイトに来た時も思ったんだが、何か悩んでるんじゃないのか？　相談に乗るぞ」

「いえ、そんな、大丈夫です」

――そんなに顔に出ていたかな？

仕事の時は隠せていると思ったのに。

春人は否定したが、大沼はかつて同じ医局で働いていた時のように、じっと観察するように見つめてきた。

「いや、何かあるな。話したらすっきりするだろうから、仕事が終わった後、久しぶりに飲みに行こう」

「いえ、仕事で悩んでいるんじゃなくて、プライベートなことが原因なので……」

大沼は誤魔化せない。

春人は仕方なく正直に伝え、でもとても人に相談出来る話ではないから、と大沼の誘いを断る。

しかし大沼は聞いてくれず、やってきたエレベーターに一人で乗り込みこう言った。

「じゃあ、仕事が終わったら連絡してくれ。待ってるからな」

「え、ちょっ……」

断る前に扉を閉められる。

これはよく大沼が使っていた手だ。

一方的に約束して逃げられたら、もう断れない。

――悪い人じゃないんだけど、ちょっと強引なんだよな。

困ることもあるけど、大沼が相談に乗ってくれたおかげで医師として成長出来た。

「でも、恋愛相談は出来ないな」

これはかりは大沼も得意分野ではないだろう。

面倒見がいいけれどおおざっぱな大沼は、子供には大人気だけど女性の受けはいまいちなのだ。

それを本人も少し気にしていた。

だけど、たとえ悩みを打ち明けられなくても、大沼とゆっくり話せるのは嬉しい。

バイトの時に顔を合わせても、仕事中だからあまり込み入った話は出来ない。

自分の話は適当にはぐらかして、久しぶりに尊敬する先輩の話を聞かせてもらって勉強しよう。

「あ、そうだ。帰りが遅くなるだろうから、蓮水さんに連絡しないと」

蓮水の名前を口にしただけで、どことなく落ち着かない気持ちになってくる。

それでも、必要な連絡はしないといけない。

春人は昼休みに電話をしようと心に留め、小児科医局へと急いで戻った。

「うっ、気持ち悪い……」

春人は吐き気を催し、急いで起き上がる。

けれど、急に起き上がったのがまずかったようで、頭がグラグラして再びソファに倒れ込んだ。

「おいおい、大丈夫か？　吐くならガーグルベースンに吐いてくれよ？」

「……はい、わかってます……」

枕元に置いてある容器を、大沼が心配そうに差し出してきた。

それを受け取り胸の上に置いて、春人は深呼吸する。

――少し楽になってきた気がする。

大沼に打ってもらった点滴が効いてきたようだ。

「すみません、ご迷惑をおかけして……」

「あー、いいって。無理に誘ったのは俺なんだし。でも橘は酒に弱いんだから、ペース配分考えて飲むようにしろよ？」

「すみません……」

大沼は春人の点滴が終わるまで、つき添ってくれるようだ。

今日は休みなのに申し訳ない。

――失敗しちゃったな。

病院での勤務を終えた後、春人は大沼と合流し飲みに出た。

食事も兼ねてフードメニューが豊富な居酒屋に入り、気がつけば自分の限界を超えるほどの酒量を摂取してしまっていた。

元々あまり飲めないのに、今日はアルコールを呷《あお》る手が止められなかったのだ。

きっと無意識に、一時だけでも胸の痛みを忘れたかったのかもしれない。

案の定、完全に悪酔いして一人で歩けない状態になり、何度も吐いてしまった。

それを見かねて大沼がクリニックにまで運んでくれ、応急処置として点滴を打ってもらっている。

「よかったな、ちょうど皆往診で出払ってて。こんな姿、見せたくないだろ」

院長の大沼が休みの日も、大沼こどもクリニックは開院しており、バイトの医師が往診依頼を受けてくれている。

たまたま往診が立て続けに入ったらしく、春人が運ばれた時には事務所に誰もいなかった。情けない姿を見られることがなかったのは不幸中の幸いだ。

「ん？　さっきから、なんか音がしてないか？　橘のスマホか？」

耳を澄ますと、微かに振動音が聞こえる。

鞄に入れてあるスマホが鳴っていたようだ。

大沼に頼んで取ってもらい着信履歴を確認すると、数分置きに何回も蓮水から着信が入っていた。

今夜、帰りが遅くなることは連絡済みだ。

たまには羽根を伸ばしたいだろうと、快諾してくれた。

だから帰宅が遅くて心配しているわけではないはずだ。

――もしかして、陽向くんに何かあった⁉

春人はスッと酔いが醒めていき、急いでリダイヤルする。

二回コール音が鳴っただけで蓮水が出て、さらに不安をかき立てられた。

「橘で……」

『どこにいる？』

「え？　ええっと、大沼こどもクリニックです。バイト先の」

『今日はバイトはなかったはずだろう？　どうしてそこにいるんだ？』

詰問口調で立て続けに質問され、春人は戸惑ってしまう。

「ちょっと体調を崩して、点滴してもらってるんです。あの、何度も電話もらったみたいですけど、陽向くんに何かあったんですか？」

春人が尋ねると、電話口の向こうから大きな嘆息が聞こえてきた。

陽向に何かあったのかどうかだけでも早く知りたいのに、蓮水はなかなか教えてくれない。

それどころか、ひどく苛立った口調で言い放ってきた。

『体調が悪くなったなら、なんですぐ俺に連絡してこなかったんだ？』

「だ、だって、連絡するほどのことでもないでしょう？」

何に怒っているのかわからない。

春人が困惑しながら返すと、蓮水が言葉に詰まった気配がした。

「あの、陽向くんは大丈夫なんですか？　発作を起こしたんですか？」

数秒置いてから、やや落ち着いた声音が聞こえてきた。
『……陽向はなんともない。今はもう眠っている』
「よかった、何もなくて」
陽向の無事を確認出来、ようやくホッと息を吐く。
これでもう用事は済んだと思い、「じゃあ失礼します」と電話を切ろうとしたら、また
も『切るな』と怒り口調で言われたしまった。
『迎えに行く』
「はい？」
『クリニックだな？　これから出るから、待ってろ』
「いいです、自分で帰れます」
本当に迎えに来そうな勢いで、春人は慌てて蓮水を制止した。
しかし、蓮水は頑として譲らず、結局、車で迎えに来てくれることになってしまった。
——あんなに怒ってる蓮水さん、初めてだ。
どうしたのだろうか。
自分が怒らせてしまった？
原因に心当たりはないけど……。

――あ、指輪……!

もしかして、スーツケースに隠してある指輪を見つけたのだろうか。

それで、これはいったいどういうことだと、早く説明が聞きたくて迎えに来ると言い張ったのではないだろうか。

酔いのせいではなく精神的なものからくるショックで、サアッと血の気が引いていく。

「橘、平気か? すごく顔色が悪いぞ」

「は……、はい、大丈夫です。あの、僕、帰ります……」

フラリと立ち上がり、点滴を自分で抜針する。

大沼が唖然《あぜん》としていたが、それにかまわずアルコール綿で止血してクリニックを出た。

けれど、エレベーターがやって来るのを待っている間に、追ってきた大沼に追いつかれ引き留められる。

「どうしたんだ、突然」

「迎えが来るんです。下で待ってないと……」

「迎えって誰がだ? お前は一人暮らしだっただろ? ご家族も地方に住んでるって言って……」

そこで大沼は、何かに気づいたように言葉を途切れさせた。

「さっきの電話で、陽向くんのことを話してたな。発作が起きていないか心配もしてた。陽向くんっていうのは、うちの患者さんの陽向くんのことか？」

「………」

春人はキュッと唇を引き結ぶ。

やはり大沼は勘が鋭い。

だが、ここで肯定することは出来ない。

往診患者さんの陽向だと告げたら、電話の相手が父親である蓮水で、これから彼が迎えに来ると知られてしまう。

そうしたら、いつの間にそんなに仲良くなったのかと不審がられるだろう。

そこからズルズルと、弁償を終えるまで蓮水家に住み込みで働いていることを知られて、大沼に余計な心配をかけることになりかねない。

春人は緩く頭を振り、質問には答えずに言い張った。

「一人で大丈夫ですから。失礼します」

ちょうどやってきたエレベーターに乗り込むと、扉が閉まる直前に大沼が無理やり乗って来た。

びっくりして目を瞠ると、大沼は一階のボタンを押しながら言った。

「もう止めない。下までついて行くだけだ。橘はうちの大事なスタッフなんだから、俺にはお前の安全を守る義務がある」

勤務中はそうかもしれないが、今はプライベートの時間。

大沼にそこまでさせられないと思ったが、彼も絶対に譲らないだろう。

春人は腕時計に視線を落とす。

電話を終えてから、まだそれほど時間は経っていない。

大沼にマンションの下まで送ってもらっても、蓮水と鉢合わせしてしまうことはないだろう。

春人はもう言い返す気力も残っておらず、壁にもたれて口を閉ざす。

しかし、そこでついに力尽き、春人はそのまま座り込んでしまった。

大沼に抱えられ、なんとかエントランスを抜け外に出る。

「どこで待つんだ？」

「エントランスの前で……」

大沼にマンション前の短い階段まで連れて行ってもらい、そこに腰を下ろす。

もう大丈夫だと伝えても、大沼は気になるのか傍を離れてくれない。隣に座り、肩を抱くようにして身体を支えてくれた。

「本当に、もう大丈夫ですから」

「いいや、やっぱり迎えが来るまで傍にいる。目を離した途端に倒れられたら、俺は一生後悔する」

「そんな大げさな……」

そこまで言ったところで、急に隣の大沼が消えた。

——え……？

ノロノロと緩慢な動きで顔を持ち上げると、大沼に掴みかかり春人から引き剥がす蓮水の姿が目に飛び込んできた。

「は、すみさん……？」

驚きつつ呼びかけると、こちらを振り返った蓮水に腕を取られ強引に立ち上がらされる。足がもつれて転びそうになり、咄嗟に蓮水にしがみついていた。

「何が一人で帰れる、だ。そんな状態で、どうやって帰って来るつもりだったんだ？」

久しぶりに辛辣な言葉を放たれ、春人は首を竦める。

頭上から舌打ちが聞こえてきて、彼の手を煩わせている自分が情けなくて目頭が熱くなった。

蓮水は無言で春人を抱え、路肩に停めていた車の後部座席に押し込む。

窓の外の様子を窺うと、大沼に蓮水が何やら言葉をかけ、頭を下げていた。

「帰るぞ」

「は、はい」

運転席に乗り込んだ蓮水は明らかに怒気《どき》を孕《はら》んでいて、春人は身を固くする。

——最後まで、迷惑をかけちゃった……。

思い返せば、同居を始めてから、自分はほとんど彼の役に立っていない気がする。

本当はモニターを終えるまでと決めていたが、もう今日で終わりにしよう。

指輪が手元に戻れば、蓮水は不本意な同居を解消出来る。

これ以上、彼に負担をかけて呆れられ、嫌われたくなかった。

マンションに着くまでの間、二人の間に会話は一言もなかった。

空気も重く、息をするのさえ遠慮してしまうほどだ。

でも、春人はこんな形であっても、最後にこうして蓮水と二人きりの時間が持てたことを、密かに嬉しく思った。

マンションの駐車場から蓮水の自宅まで、一人で歩けない春人を蓮水は支えてくれた。

自宅に到着すると部屋までつき添ってくれたが、蓮水はむっつり黙ったままで、声をかけることを躊躇ってしまう。

　春人がようやく話を切り出すことが出来たのは、自室のベッドに寝かされ、蓮水が立ち去ろうとした時だった。

「蓮水さん……っ」

　切羽詰まった声に、蓮水がわずかに目を見開く。

　一度止まると先を話せなくなる気がして、春人は一気に言葉を紡いだ。

「お願いが、あるんです。クローゼットの中のスーツケースを、持って来てもらえませんか？」

「なぜだ？」

「その中に、大切なものが入っているからです」

　いつになく真剣な顔で頼んだからか、蓮水は立ち上がってスーツケースを運んできてくれた。

　ズルズルとベッドを這い出て、床に座ったままスーツケースを開ける。

　状況が飲み込めない蓮水は、終始訝しそうな顔をしていた。

　内側のポケットを探り、指先に触れた布を取り出す。

　さすがに高価なダイヤモンドの指輪を剥き出しで放り込んでおくことは出来ず、念のためハンカチで包んでおいたのだ。

春人はこちらを見下ろしている蓮水に向き直り、彼に見えるようにハンカチを開いていく。

「これを、お返しします」

春人がハンカチに乗せた指輪を差し出すと、蓮水が息を飲んだ。

とても驚いた様子に、指輪が見つかってすぐ返さなかったことへの罪悪感がこみ上げてきた。

蓮水ほどの経営者なら、ダイヤの指輪が一つ紛失しても会社の経営に支障はきたさないだろう。

だが、見つかればその分だけ利益を上げることが出来る。

一般的に三百万円というのは大金だ。

それがこうして戻って来たのだから、驚き、そして喜んでくれるはず。

しかし、どうしてか蓮水はなかなか指輪を受け取ってくれなかった。

「蓮水さん……?」

控えめに呼びかけると、蓮水はハッと我に返ったように数回瞬きし、そして苛立ったように髪をかき混ぜた。

「どこにあったんだ?」

「あの日、着ていた上着のポケットの中です。アパートに置きっぱなしだったので、気づくのが遅くなってしまいました」

すみません、と頭を下げたまま、顔を上げられなくなってしまう。

——怖い。

蓮水の返事を聞くのが、たまらなく怖かった。

あの時、その場でポケットを探っていれば、すぐに見つかった。

それをしなかったのは自分の落ち度だ。

それに、スーツケースにしまい込み、見つけていたのに黙っていたことも知られてしまった。

叱責されるだろうか。

それとも呆れられる?

いずれにしても、指輪が戻ったならもう自分がここに住み続ける必要はなくなる。

「……お返しするのが遅くなって、すみませんでした」

もう一度改めて謝罪する声は、別れを悟り、微かに震えていた。

蓮水はしばらく一言も言葉を発さず、身じろぎ一つしなかった。

まるで罪状を告げられる瞬間を待つ罪人のように、極度の緊張の中、蓮水の下す決断を息を詰めて待ち続ける。

やがて頭上から長いため息が聞こえ、差し出した指輪を蓮水が手に取る気配がした。

ついにこの時が来たか……、と春人は非難されるのを覚悟する。

ところが頭上から聞こえてきたのは、予想とは真逆のとても穏やかな声だった。

「まさか、見つかるとはな」

――怒ってない……？

その声色の理由が知りたくて、勇気を出して視線を持ち上げると、蓮水が指輪を手に取り、状態を確認するように光にかざしていた。

「気づいたか？」

「……何にですか？」

丁重に保管していたつもりだが、傷がついていたのだろうか。

春人は焦って指輪を見やる。

だが、蓮水は続けてとんでもないことを口にしたのだ。

「これが、ダイヤモンドじゃないことに、気づいたか？」

「………は？」

──今、なんて言った？

彼の言葉は一言一句しっかり聞こえていたが、意味がわからなくて脳が理解することを放棄してしまう。

唖然とする春人を見、蓮水は喉の奥から静かな笑い声を漏らした。

「その反応は、全く気づいていなかったようだな」

春人はゴクリと唾を飲み込み、信じられない気持ちで問い返す。

「ダ、ダイヤモンドじゃないって、どういうことですか？」

「ダイヤじゃなく、ガラス玉だってことだ。これだけじゃない、あの日、先生がばらまいた指輪には、全てガラスが嵌められていたんだ。新作の試作品として、ダイヤの代わりにガラスを嵌めて、台座も金やプラチナではなくメッキを塗り、より完成品に近い形にしただけの、価値なんてほとんどつかないイミテーションだったんだ」

「な……っ」

衝撃の真実を聞き、春人は気が遠くなりそうになる。

──そんな……。じゃあ、僕はなんのために……。

紛失した指輪が三百万円もすると聞いた時、誇張ではなく本当に目の前が真っ暗になった。

なんとかして弁償しないと、と思い、仕事を調整して出来るだけ蓮水の呼び出しに応えられるようにした。

住み込みを提案された時も、最初は抵抗があったけれど、全ては弁償金の早期完済のためだと了承したのだ。

ずっと、蓮水に申し訳ないと思っていた。

三百万円の指輪を失くしたという事実が、春人にとても重い罪となってのしかかっていた。

それが今になってイミテーションだったと言われても、これまでの後悔や自責、葛藤がすぐに消えてなくなるわけではない。

もうわけがわからなくなって、春人は言葉を失い、唇を戦慄《わなな》かせるばかりだった。

「だから、言っただろう？　先生は素直過ぎると。だから俺みたいな人間に、つけ込まれるんだ」

――あれは、このことを指していたのか。

あの言葉だけで、この真実にたどり着くほどの想像力は春人にはない。

もう何が本当なのか、わからなくなってきた。

アルコールのせいではなく、頭がクラクラしてくる。

春人が額に手を当てると、蓮水がその前で膝をつき、目線を合わせてきた。

蓮水が距離を詰め、静かな口調で問いかけられる。

「先生、俺がどうしてこんなことをしたか、わかるか?」

——どうしてって、それは……。

春人は混沌としてまとまりのない脳をフル回転させ、必死に考える。

そうしてやっとのことで思いついた理由を口にした。

「僕が、蓮水さんのことを覚えていなかったから、ですか?」

蓮水にとってはとても大切な四年前の出来事を、綺麗さっぱり忘れていたから、だから腹を立ててやったのではないかと推測する。

「まあ、最初はそうだったな。だが、もう俺は先生が忘れていたことを根に持っていない。俺を覚えていなかったことを許してるのに、なぜ今日までイミテーションだということを黙っていたと思う?」

また質問されてしまった。

春人は考えて考えて、蓮水の顔色を窺いながら口にする。

「……僕が小児科医だから、陽向くんのためにいつでも呼び出せるように、弱みを握っておきたかったからですか?」

蓮水は露骨に顔つきを険しくした。

どうやらこれは不正解だったようだ。

「す、すみませんっ」

春人が慌てて謝ると、蓮水は苛立ちを抑えるように髪をかき上げる。

「先生には、俺はそう映ってたってことか。心外だな。俺なりに優しく接していたつもりだったのに」

「優しく、してもらいました」

それは嘘ではない。

最初はたまに意地の悪い言い方をされたりしたが、少しずつ言動が柔らかくなって、最近は本当によくしてもらっていた。

けれど、これが蓮水が嘘をつき続けた理由ではないのだとしたら、他に心当たりがない。

蓮水は別の答えを期待していたようだが春人は答えられず、するとまた問いを投げかけられた。

「じゃあ、これで最後だ。……さっき、先生を迎えに行った時に、俺が苛立っていたのはなぜだと思う？」

「ええっと……」

蓮水は電話の時から明らかに不機嫌だった。

帰宅が遅くなると伝えてあったのに何度も電話してきていたし、迎えに来てくれたのはありがたいが、介抱してくれた大沼に乱暴な態度を取った。あんな蓮水は初めて見た。

——僕がなかなか電話に出なかったから、とか？

いや、それだけじゃない気がする。

頑張って考えてみたけれど答えは見つからず、春人はどんどん俯《うつむ》いていく。

「わからないのか？　……おい、そんなに落ち込むようなことじゃない」

「すみません……」

考えれば考えるほど、蓮水の本心がわからない。

一緒に暮らしていたのに、自分は彼のことを何も理解していなかったことに気づき、気持ちが沈んでいく。

「先生、床じゃなくて俺を見ろ」

蓮水は鬱々とした空気をまとう春人の頬に手を添え、無理やり上向かせてきた。

意思の強さを窺わせる力強い瞳が、春人を真っ直ぐ見つめている。

「ぁ……」

ふいに胸が高鳴り、顔が熱くなってくる。

こんな風に見つめられたら、蓮水にも気づかれてしまう。

胸に秘めた彼への想いを、悟られてはいけない。

蓮水のことを好きだと知られてしまったら、きっともう二度と会ってはもらえない気がした。

医師として陽向の往診に行くことも許されなくなるのは嫌だ。

一度は蓮水の傍を離れ、想いを断ち切ることすら考えていたのに、本人を前にすると離れたくないという感情が、心の奥から湧き上がってきてしまう。

「離して……っ」

「駄目だ。答えを聞きたくないのか？」

「……っ」

聞きたいのか聞きたくないのか、それすらも判断出来なくなっている。

聞きたい気もするが、聞くのが怖いとも思う。

なぜなら、蓮水の答えはきっと、自分の望むものではないからだ。

不安定に瞳を揺らす春人から目を逸らさず、蓮水がいつになく真剣な顔つきで言った。

「答えを告げる前に、俺から先生に聞きたいことがある」

「な、なんですか？」

「この指輪を見つけたのはいつだ？」

春人は激しく動揺し、顔色を変える。

——そんなこと、言えない。

もう一ヵ月も前に見つけていたと、本当のことを言ってしまったら、不審に思われる。

頭がよく勘がいい男だから、春人が同居を解消したくなくて指輪を隠していたことを暴かれてしまうかもしれない。

——そうなったらおしまいだ。

一番最悪な結末を迎えてしまう。

室温は決して高くなく、むしろ肌寒いと感じるくらいなのに、背中に汗が噴き出してきた。

「先生、言ってくれ。そうすれば、俺の秘密を教えてやる」

「秘密……」

それはとても甘美な響きを持ち、春人はその魅力に抗えず掠れた声で打ち明けていた。

「……一ヵ月前、です。返さなきゃって思ったけど、どうしても、出来なくて……」

「なぜ？」

「……この家から、出て行きたくなかったからです。二人に会えなくなるのが、寂しくて」

春人の告白を聞き、蓮水は詰めていた息を吐き出した。

そしてそのまま背中に腕を回され、抱きしめられる。

ありえないことが起こり、目を白黒させてしまう。

心臓が破裂しそうなくらい大音量でバクバクと鳴り出した。

好きな人に抱きしめられるのは、嬉しいけれど怖い。

一度この幸せを知ってしまったら、蓮水のことを諦められなくなってしまいそうだった。

――どうしてこんなことを……？

一瞬、もしかして蓮水も同じ気持ちなのかも、と期待しそうになったが、優しい人だから、目の前で寂しいと言って悲しい顔をしている春人を慰めようとしてくれたのだろう。

優しさと愛情を勘違いしてしまったことが恥ずかしい。

これが叶わぬ恋だとわかっている。

最初から失恋することが決まっている恋。

この先、この想いだけを抱えて一人生きていくのは辛い。

春人は唇を噛みしめ、蓮水の腕の中で身じろぎする。

「はな、……っ!?」

離して、と言おうとしたのに、それを阻止するかのようにさらに強く抱きしめられた。

蓮水が何をしたいのかわからず春人が困惑していると、頬に当たった胸から心臓の拍動音が聞こえてくる。

――心臓の音が早い。

まるで緊張している時のように、蓮水の心拍数が上がっていた。

不思議に思っていると、彼の吐息が髪にかかり、くぐもった呟きが落ちてくる。

「……好きだ」

睫毛《まつげ》を震わせ、息を吸い込む。

蓮水は春人の戸惑いを感じ取ったのか、もう一度、先ほどよりもはっきりと言葉にした。

「先生が好きだ」

蓮水は確かに「好きだ」と言った。

聞き間違いではないと確信しているのに、彼がそんなことを言うはずがないという思い込みが、春人の口から否定的な言葉となって出てきてしまう。

「嘘ですよね？　また僕を揶揄ってる……？」

蓮水の反応を窺うように問いかけると、笑いを含まない真っ直ぐな声音が静まり返った室内に響く。

「イミテーションを本物だと偽《いつわ》って多額の弁償を求めたのは、忘れられてたことに腹が立ったからだけじゃない。俺のことを、思い出してほしかったんだ。顔を合わせる機会が増えれば、思い出してくれるかもしれないと思った。思い出した後も、ずっと騙し続けたのは、この家にいてほしかったからだ。そして、さっき俺が苛立っていたのは、心配したからだ。遅い時間になっても連絡がつかず、やっと電話に出て迎えに行ったら、俺以外の男にベタベタ触られてた。あんなことを見せられて、平然としていられなかった」

こんなに都合のいいことがあるだろうか。

想いを伝えることすら出来ないと思っていた人が、自分を好きでいてくれたなんて……。

こんなに幸せなことが、現実に起こるのか？

はっきり自分の耳で聞いたのに、どうしても信じられなかった。

だから、つい確認してしまったのだ。

「本当に……？」

蓮水の温かな手のひらに頬を撫でられ、無意識に顔を上げていた。

不安そうに眉を下げる春人と目が合うと、蓮水はフッと愛おしむような微笑みを浮かべて言った。

「信じてもらえるまで、何度でも言う。先生が好きだ。……これが、俺の秘密だ」

はにかんだように笑う蓮水から、目が離せない。

もうどうしたらいいのかわからなくなり、春人はコクリと喉仏を上下させ、浅い呼吸を繰り返す。

するると、蓮水は続けてこう言ってきた。

「それに、俺は先生の秘密も知ってる」

「僕の秘密を……？」

そんなわけがない。

悟られないように、ずっと隠してきたのだから。

知られたらもう蓮水と陽向と一緒にいられなくなるから、それが嫌だから、辛くても隠してきた。

それを、蓮水が知っているはずがない。

「俺が言ってしまってもいいが、先生の口から聞きたい。……俺に先生の秘密を聞かせてくれ」

蓮水の指が春人の唇をなぞる。

背筋がゾクリとし、春人は抵抗出来なくなって胸に押し込めていた想いを口にした。

「蓮水さんが、好きです……」

もう止めることは出来ない。

想いが言葉となって、スルスルとこぼれ出した。

「だから、指輪を渡せませんでした。少しでも長く、この家にいたくて……。蓮水さんと陽向くんの傍に、いたかったんです。大好きな人たちの傍に」

蓮水は春人の告白を聞き、相好を崩す。

こんな顔が出来たのかと驚くほど、優しくて甘い顔をしていた。

絵本を買ってもらった陽向ととてもよく似た嬉しそうな顔で、蓮水がゆっくりと唇を寄せてくる。

「俺たちは同じ秘密を持っていたんだな」

間近で囁き、蓮水にキスされた。

触れた唇が痺れたようにピリピリする。

全力疾走した時のように心臓がバクバクして苦しい。

でも、不思議と嫌な苦しさじゃなかった。

「蓮水さん……」

触れるだけのキスは一瞬ですぐに離れてしまい、春人は物足りなくて二度目は自分から唇を重ねる。

まさかやり返されると思っていなかったのか、キスした唇が驚いたようにピクリと震えた。
春人はかまわず、好きという想いを込めてキスをする。
何度も何度も、繰り返した。
ところが、春人が夢中になってキスしていると、いきなり身体を引き剥がされたのだ。
「これ以上は駄目だ」
蓮水が肩を掴み、険しい顔をしている。
——嫌だった？
しつこくて鬱陶しいと思われたのだろうか。
春人がしゅんと俯くと、大きなため息が聞こえてきた。
「先生、酔ってるだろ」
酔ってるけど、それは関係ない。
酔ってなくても同じことをしたと思う。
でも、蓮水は酔っ払いの相手をしたくないのかもしれない。
——お酒、飲まなければよかった。
春人が俯くと、蓮水が予想外の言葉を口にした。
「これ以上したら、やめられなくなる。酔いが覚めた後に、後悔させたくない」

彼は春人のためを想って言ってくれたのか。

どこまで優しい人なのだろう。

「やめなくていいです。後悔なんてしません」

恥ずかしかったけれど、思い切って口にする。

だって、蓮水のことが好きだから。

叶わないと思っていた恋が奇跡的に実ったのだから、想いが通じ合っていることを確かめ合いたい。

もっとキスしてほしかった。

「いいのか？」

蓮水は春人の気持ちを確かめるように聞いてきた。

それにコクリと頷いて答える。

「……はい」

羞恥心から小さな声で返した瞬間、いきなり蓮水に抱き上げられた。

突然のことに驚いてされるがままになっていると、ベッドの上に横たえられる。

――やっぱり気が変わった？

やめなくていいと言ったのに、このまま寝かされるのかと思った。

「なんで……？」

「動くな」

春人が起き上がろうとすると、両手を掴まれベッドに組み敷かれる。

蓮水に腰を跨《また》がれ手を押さえ込まれて、身動きが取れなくなってしまった。

「え？　な、に……？」

「やめなくていいと言っただろ」

「そうですけど……、んっ」

覆いかぶさった蓮水が上体を倒し、キスしてきた。

しかしそれは先ほどとは違い、ずいぶん荒々しいキスだった。

「は、蓮水さ……、んんっ」

言葉を紡ぐために開いた唇の隙間から舌が差し込まれ、口内を蹂躙《じゅうりん》される。

舌を強引に絡められ、激しいキスを繰り返され、息が上がった。

「はっ、……あっ」

キスしながら胸元をまさぐられる。

なんの膨らみもない平らな胸を触られ、腰を撫でられ、蓮水がしようとしていることがようやくわかった。

――キスだけじゃなかったの⁉

だから、やめなくていいと言ったのに。

まさか、さらに先のことをするという意味だったなんて。

――ど、どうしよう。

好きな人に求められるのは嬉しい。

けれど、そもそも告白すら出来ない相手だと思っていたから、両想いになった後の展開まで考えてなかったのだ。

春人がアワアワしている間に、蓮水にワイシャツのボタンを全て外されてしまう。

肌にひんやりとした空気を感じ、思わず口から制止の言葉が飛び出した。

「待ってください……っ」

「やめなくていいと先生が言ったんだろ」

蓮水は春人の戸惑いにも関心を示さず、首筋を舐め上げた。

「んっ」

ゾクッと身体が戦慄く。

蓮水の舌は徐々に下へと移動していき、胸の突起を刺激する。

「ちょっ、あっ……っ」

高い声が漏れてしまい、恥ずかしくて口を塞ぐ。

無防備にさらけ出された胸元を、舐めたり吸われたり、指先で擦られたりした。

最初はくすぐったいだけだったのに、丹念に愛撫《あいぶ》され、次第に気持ちいいと感じるようになってくる。

——まずい。

これ以上刺激されたら、とても恥ずかしいことになってしまう。

春人はなんとかここで止めようと蓮水の頭に手を置き、胸から離そうとした。

ところが、いきなり服の上から固くなり始めた中心を撫でられ、それどころではなくなってしまう。

「あっ！」

人の手で好き勝手にいじられて、春人のそこはすぐに張り詰めていった。

「蓮水さ、だ、だめ……っ」

形を確かめるように服の上から握られ、手を上下に動かされる。

胸への刺激で敏感になっていた身体は、すでに陥落《かんらく》寸前の状態だった。

あともう少し手を動かされたら、達してしまう。

春人が腰を震わせた時、フッとそこから蓮水が手を引いた。

「あ……」

　みっともない姿を見せずにすんでホッとした反面、中途半端な状態で放り出されて辛くて瞳を潤ませる。

　蓮水が顔を持ち上げ、色気を滲ませた瞳と視線が交わった。

　その瞬間、狂おしいほどの愛おしさがこみ上げてきて、春人はそっと目を閉じる。

　唇に触れるだけの優しいキスが落ち、それはすぐに深い交わりを求めるものへと変化していく。

　その状態で器用にベルトを外され、蓮水の大きな手が直に中心を包み込んだ。

「は……っ、あっ」

　おずおずと広い背中に腕を回し、蓮水に身をゆだねる。

　羞恥心よりも快感の方が大きくなり、目の前の身体にしがみつく。

「蓮水さ……っ、もう、あっ、あっ……っ！」

　頭が真っ白になり、息を詰める。

　ブルブルと腰を震わせ、快感の証である白濁《はくだく》を彼の手の中に吐き出した。

「ん……っ、ぁ……」

　数回に分けて全てを出し切ると、春人はぐったりベッドに沈み込む。

呼吸を整えるのに必死で、身体に力が入らない。

「何、して……?」

余韻でぼうっとしていると、視界の端で蓮水が動いた。

なんだろう、と目で追うと、春人の腰を持ち上げ下半身から全ての衣服を剥ぎ取った。

「やっ……」

反射的に膝を立て足を閉じようとしても、蓮水に強引に開かされてしまう。

再び閉じられないようにするためか、自身の身体を足の間に割り込ませ、下腹部を撫でられる。

「んんっ」

ただ撫でられているだけなのに、快楽の余韻の残る身体は敏感に反応してしまう。

ビクビクと身体を戦慄かせると、蓮水は片手で力を失った中心を揉み、もう片方の手を奥へと滑らせてきた。

「え……?」

どこを触っているのかと訝しく思った直後、後孔《こうこう》を指先でなぞられた。

びっくりして息を詰めると、中心を握り、上下に動かして刺激を与えられる。

「あ、……んっ」

中心への刺激に意識が向いたのを確かめ、再び後孔を指先で突かれる。

そして春人が身体を強張らせる前に、わずかに指を中へと差し込んできたのだ。

「んんっ」

もっと抵抗があると思ったのに、意外にもスルリと指を飲み込んでいく。

先ほど春人が放ったもので濡れているようで、意外なほどすんなり中へ入ってしまった。

蓮水は春人の顔色に注意を払いながら、内側で探るように指を動かす。

「や、動かさないで……っ」

あちこち内壁を擦られ、変な気分になってくる。

春人が妙な感覚を逃がそうと深呼吸していると、蓮水の指がある部分を押し上げてきてビクリと腰が跳ねた。

「や、そこは……っ」

ようやく探し当てたところを、蓮水は執拗《しつよう》に擦ってくる。

中心を触られた時とはまた別の重苦しい快感が湧き上がり、春人は目尻から涙を流す。

蓮水の手の中で一度力を失った中心は再び固く張り詰め、前と後ろを同時に刺激されると頭の中でチカチカと火花が散った。

下腹部からは濡れた音が響き、自分がひどくはしたない状態になっていることを知らしめてくる。

けれど、未知の刺激を与えられた身体にはすでに抗う気力はなく、ただ蓮水によって生み出される快楽に溺れていく。

「あっ、ああっ」

薄く開いた唇からは絶えず上擦った声が漏れ、それを止める方法がわからない。

何度も訪れる絶頂感に翻弄《ほんろう》され、春人はもう何も考えられなくなっていた。

「苦し……っ、蓮水さ、助けて……」

気持ちよくて苦しい。

こんな感覚は味わったことがなく、自分は壊れてしまったのかと恐怖すら感じた。

春人は蓮水に助けを求め、彼の腕に手を添える。

すると蓮水は唐突に後孔から指を引き抜き、腰を進めてきた。

「ぁ……っ」

指ではない、熱いものを濡れそぼった後孔に押し当てられ、春人は腰を震わせる。

そのままグッとゆっくり蓮水の中心が中へと侵入してきて、春人はそれを受け入れるために意識して身体から力を抜いた。

「あ、ん……っ」

――苦しい……。

太い切っ先で指では届かなかったところを開かれる感覚に、息が上がってしまう。

それでも好きな人をもっと近くで感じたくて、春人は顔の横にある蓮水の腕に頬を摺り寄せる。

「はっ、あっ……！」

慎重に蓮水が腰を進め、ようやく全てを飲み込んだ時には、春人の額にはうっすら汗が滲んでいた。

蓮水がペロリとそれを舐め取り、掠れた声で囁く。

「痛くないか？」

「ん、平気、です」

圧迫感はあるが、痛くはない。

春人が頷くと、蓮水が軽く腰を引いた。

内側の深いところを擦られ、反射的に声が漏れる。

「あ……っ」

それだけで蓮水はすぐに動きを止め、春人が落ち着くのを待ってからまたそろそろと腰を動かす。

そうしているうちにだんだん身体が彼の形に馴染んで来たのか、その部分がむず痒《がゆ》いような感じになってきた。

春人は我慢出来ずに、彼の腰に足を絡める。

それを反対の意味に解釈したのか、蓮水が気遣わし気に顔を覗き込んできた。

「辛いなら、やめるか？」

――やめないって、言ったのに……。

もしここで「やめて」と言ったら、彼はこの状況でもやめてくれるだろう。

自分の快楽よりも、春人の身体を優先してくれる。

一見、強引な態度を取っておきながら、無理をさせていないかずっと気にしてくれていた。

そういうわかりにくい優しさを見せる蓮水が大好きだ。

春人は恥ずかしさを押し込め、きちんと言葉にして伝える。

「もっと、してほしいんです……。やめないでください」

蓮水が目を瞠り、次に柔らかく微笑んだ。

耳元に唇を寄せ、甘い声で耳朶に吹き込むように囁く。

「明日、仕事に行けなくなっても恨むなよ」

蓮水が大きく腰を動かし、奥を突いてきた。

「あっ……！」

一瞬息が止まり、意識が飛びそうになる。

その状態から抜け出せないまま、蓮水に激しく穿《うが》たれた。

身体を貫かれ、揺さぶられる。

次から次へと襲い来る快感の波に、春人はあっという間に飲み込まれていく。

「あっ、あぁっ」

意味をなさない声を上げ、蓮水が与えてくれる快感をむさぼる。

もう気持ちがいいのか辛いのか、よくわからない。

達しているのかどうかも、自分で判断出来なくなっていた。

ずっと絶頂を迎え続けているような感覚に、春人は大きく身体を震わせる。

「あぁ――――っ」

一際強く貫かれ、無意識に後孔を収縮させた。

それが蓮水にも強い刺激となったようだ。

中にある中心が一際大きく膨らみ、最奥に飛沫を叩きつけられる。

その直後、呼吸が出来ないほど強く身体を抱きしめられ、春人の中心から濃い蜜が飛ぶ。

しばらくして互いに荒い呼吸が整うと、蓮水がキスを落としてきた。

触れ合わせた場所から温かな気持ちが流れてきて、春人はうっとりと目を閉じる。

——ここにいて、いいんだ……。

蓮水の愛を全身で感じ、春人はこれ以上の幸せはないと涙を流した。


「あー、寒かった」

往診を終えクリニックに戻って来た春人は、部屋の暖かさにホッと息をつく。

事務所から「おかえり」と返事が返ってきて、報告のために院長である大沼の元へ向かう。

「戻りました。外、もう暗いですよ。寒いし」

「もう十二月だからなあ」

「体調を崩す患者さんが増えましたよね。あ、手が空いたら報告してもいいですか？」

物品の在庫確認を終えた大沼に、簡単に患者さんの容体と行った治療を報告する。

その後、春人がカルテ整理をしていると、大沼が時計を確認して言ってきた。

「お、もう六時か。それ終わったら帰っていいからな。往診鞄の補充は俺がやっておく」

「そのくらい自分でやりますよ」

「今日くらい、早く帰りたいだろ？　若いんだから予定があるだろうしな」

――予定？

特にこの後、特別な予定は入っていない。

いつものようにバイトが終わったら真っ直ぐ帰宅するだけだ。

春人は首を傾げる。

「予定はないですけど」

「そうなのか？　友達と会ったりしないのか？　たとえば蓮水さんとか」

ふいに蓮水の名前を出され、ドキリとしてしまう。

今から一ヵ月前。

大沼と飲みに行き、春人は見事に酔っぱらってしまった。

大沼が心配して介抱してくれたのだが、迎えに来た蓮水がそれを目撃し、誤解から大沼を突き飛ばしてしまったのだ。

相手が大沼だとわかると蓮水はその場で謝罪し、大沼も笑って許してくれたそうだ。

だが、あの一件で春人と蓮水がプライベートで交流を持っていることを大沼に知られてしまった。

特にそれを咎められることはなかったが、深夜に迎えに来てくれるくらいの親しい間柄だと認識しているようだ。

「蓮水さんとは、会いますけど……」

会うと言うか、蓮水の自宅にこれから帰る。

春人がそう告げると、「じゃあ早く上がれ」と往診鞄の物品補充を引き受けてくれた。

手早くカルテの記入を終わらせ、大沼に挨拶してクリニックを出る。

「寒っ」

再び冬の寒さに襲われ、春人はブルリと身震いした。

――陽向くんの体調に、よく気をつけないと。

幸い大きな発作はしばらく起こしていないが、時々外で咳き込むことがある。すぐに吸入して悪化を防いではいるが、どうしても冬の冷気が刺激になってしまうようだ。

「寒さと乾燥に気をつけて、風邪もひかせないようにしないとな」

陽向のことになると私情が混じり、いつになく神経質になってしまう。

血のつながりはないけれど、陽向のことは特別可愛いと思うし、とても大切な存在だ。

苦しむ姿は見たくない。

「早く帰ろう」

陽向のことを考えていたら、一刻も早く会いたくなった。

春人がクリニックの入っているマンションを急ぎ足で出ると、歩道に大きな人影と小さな人影があることに気づいた。

暗がりで目を凝らすと、向こうも春人に気づいたようで、小さな人影がトコトコこちらに駆けてくる。

「せんせー！」

「わっ、陽向くん？」

コートとマフラー、頭にはニット帽と耳当てをして防寒対策ばっちりの陽向が抱きついて来た。

「おしごと、おつかれさま〜。あとー、ハッピーバースデー！」

「……あっ！」

陽向に言われてようやく思い出した。

——今日は僕の誕生日だ。

仕事や勉強で忙しく、特に祝ってくれる人も身近にいなかったため、ここ数年、気がついたら誕生日は過ぎていた。

だから今年もすっかり頭から抜け落ちていたのだ。

「その顔はやっぱり忘れてたな、自分の誕生日を」

こちらに歩いて来た蓮水が、苦笑しながら先を続ける。

「三日前に今日の予定を聞いた時、平然と『午後からバイトです』って言ってたから、忘れてるんだろうと思ってたんだ。一緒に誕生日を祝えないんじゃないかって焦ったぞ。バイトが夕方まででよかった」

「す、すみません」

事前に言ってくれたらバイトも休みをもらったのに、と思ったが、蓮水もまさか忘れているとは思わなかったのだろう。

「パパ、パパ、はやくあれっ」

陽向が蓮水の服を引っ張り、何か小声で訴えた。

陽向にせっつかれ、蓮水が手に持っていた長方形の箱を差し出してくる。

反射的にそれを受け取り確かめると、濃いグリーンの包み紙でラッピングされていた。

「これは？」

「おたんじょうびの、プレゼントだよ！」

「わぁ、ありがとう」

誕生日にプレゼントをもらったのは、子供の時以来だ。

春人が礼を言うと、蓮水が説明をつけ足す。

「それを包んだのは陽向だ。包装紙の色も陽向が選んでくれた」

「みどりにしたんだ〜」

ニコニコしている陽向と穏やかな顔をしている蓮水を交互に見て、春人はプレゼントを胸に抱きしめる。

「陽向くん、蓮水さん、ありがとうございます。ラッピング、すごく綺麗だね。開けるのがもったいないな」

よく見れば包装紙にはいくつも折り目がついていて、お世辞にも綺麗とは言い難い包み方だった。

一生懸命何度もやり直してくれたのだろう。

自分のために頑張ってくれたその気持ちが嬉しい。

「中身は実用性のあるものにした。これまで服やネクタイピンをやっても、先生は喜ぶというより困った顔してたからな。仕事で使うものにしようと、何がいいか大沼先生に聞いて用意したんだ」

「大沼先輩に？」

――今日、蓮水さんからプレゼントを渡されるって、知ってたのか。

だから早く帰るよう、しきりに言ってきたらしい。

「ちなみに、中身は聴診器だ。ラッピングを大事にするあまり、俺からのプレゼントをしまいっぱなしにしないでくれよ？」

「は……、はい、毎日、使わせてもらいます」

春人が感動して言葉をつまらせていると、陽向が二人の間に身体を割り込ませ、手を繋いできた。

「パパ、せんせい、はやくごはん、たべにいこー」

繋いだ手にキュッと力を込められ、顔がほころぶ。

――すごいな、陽向くんは。

傍にいてくれるだけで、人を笑顔にする。

温かい気持ちをくれる小さな手をしっかり握り、陽向を真ん中にして歩き出した。

大好きな二人がこうして自分の誕生日を祝ってくれる幸せで、胸がいっぱいになる。

三人で一緒にいられることこそが、最高の誕生日プレゼントだと思った。

あとがき

このたびは私の十一冊目の本をお手に取っていただき、ありがとうございます。

今回は久しぶりに医者物を書かせていただきました。

これまでに書いた医療物は本になっていないので、お読みくださった方はいないと思いますが、ちょっと暗いお話ばかりでした。なので、今回は優しく温かい気持ちになれるように意識して書いてみました。

ですが、書いてから発売まで少し時間が経っていたので、改めて読み返した時に、自分的にあまりしないお話の構成になっていたので驚きました（笑）。

過去作の中にも、「昔知り合っていて再会して〜」、というお話はありますが、今作のようにどちらかが出会った時のことを忘れていた場合、「実は会ってたんだよ！」と、ネタばらしをするのは最後の最後に持っていくことが多いんです。

時代劇が好きなもので、「最後に偉い人だったというのが判明してビックリ！」という流れが好きでして、自分がお話を書く時もそういう構成にしてしまうんでしょうね。

でも、今作は中盤で蓮水《はすみ》が二人の出会いを話すシーンが差し込まれていて、珍しいなと新鮮な気持ちになりました。そして綺麗に忘れている自分に衝撃です！

確か、当初はいつも通り最後に出会った時のエピソードを持っていこうとしていたけど、中盤で蓮水に語らせた方がいいな、と思って書き直した記憶があります。

もう、最初に書いた原稿だと、急変シーンの後からとてつもなく暗くドヨーンとした空気になってしまって、なんとかしなくてはと大幅に書き直した結果、蓮水のおかげで春人《はると》が闇落ちしていくのをなんとか引き戻して持ち直せたと思います。


さて、まだページに余裕があるので、今作で一番失敗したなぁ、と思ったことをご紹介したいと思います。

それは、登場人物の名前です！

柔らかな雰囲気を出したくて受けは春人にし、蓮の花が好きなので攻めは蓮水、陽向《ひなた》は病気がちだから太陽のように元気な子になってほしいという願いを込めて名づけました。

ですが、いざ書き始めてみると、『ハルト・ハスミ・ヒナタ』で全員ハ行だったたんです！

おかげで蓮水の名前を「『は』がついてた気がするけど、『春人』じゃなくて……、なんだっけ？」とド忘れしてしまったり、『陽向』と書こうとして『春人』と書いちゃったり、人物名で大変混乱しました……。次からは全く違う名前にしようと思います。

今作でもたくさんの方にお世話になりました。

担当様を始め、携わってくださった全ての方々にとても感謝しております。ありがとうございました。

イラストを描いてくださった周防《すおう》先生、素晴らしいイラストをありがとうございます。陽向の表情が愛らしくて、思い描いていた笑顔そのもので感動しました！

そして、ここまでお読みいただいた皆様、最後までお付き合いくださり、ありがとうございます。作中のどこか一文でもお心に残るものがありましたら幸いです。

またお会い出来るよう、これからも頑張っていきたいと思います。ありがとうございました。

星野　伶

セシル文庫をお買い上げいただき、ありがとうございます。
この本を読んでのご意見・ご感想・ファンレターをお待ちしております。

☆あて先☆
〒154-0002　東京都世田谷区下馬6-15-4
コスミック出版　セシル編集部
「星野 伶先生」「周防佑未先生」または「感想」「お問い合わせ」係
→Eメールでも OK！ cecil@cosmicpub.jp

セシル文庫

新米《しんまい》ドクターは不機嫌《ふきげん》パパに恋《こい》をする

2023年 11月 1日　初版発行

【著 者】　星野《ほしの》 伶《れい》
【発 行 人】　佐藤広野
【発 行】　株式会社コスミック出版
〒154-0002　東京都世田谷区下馬 6-15-4
【お問い合わせ】　- 営業部 -　TEL 03(5432)7084　FAX 03(5432)7088
- 編集部 -　TEL 03(5432)7086　FAX 03(5432)7090
【ホームページ】　https://www.cosmicpub.com/
【振替口座】　00110-8-611382
【印刷／製本】　中央精版印刷株式会社

乱丁・落丁本は、小社へ直接お送り下さい。郵送料小社負担にてお取り替え致します。
定価はカバーに表示してあります。

ISBN978-4-7747-6511-2 C0193